잃어버린 길 위에서

이선영

잃어버린 길 위에서

이선영

열음 문화원

좋아하는 일을 하는데 행복하지 않아

이 책은 '잃어버린 길'에 대한 이야기일 수도, '다시 찾을 수 있는 길'에 대한 이야기일 수도 있다. 갑작스런 희귀병으로, 가슴 속 품었던 꿈들은 '잃어버린 길'이 되었지만, 돌이켜 보니, 그 꿈들은 언제든 기억 속에서 '다시 찾을 수 있는 길'이 되어 있었다.

고등학생 시절, 학교 기숙사 로비에는 아침마다 여러 종류의 신문이 배달됐다. 나는 그 신문들을 방에 가져가서 스포츠면 기사만 확인하고 다시 제자리에 갖다 놓았다. 같은 내용의 기사여도 신문사별로 제목이나 강조하는 부분이 다른 게 흥미로웠다. 스포츠 기사를 열심히 챙겨보던 여학생은 대학생 때 교내 스포츠매거진 기자로 성장했고, 졸업 후에는 신문사 스포츠기자가 되었다. 나의 관심사를 직업으로 삼고 있는 현실에 감사하며 하루하루를 보냈다.

"좋아하는 일을 하는데 행복하지 않아······"

꿈꾸던 대로 스포츠기자가 됐는데 3년 차에 퇴사를 하고 싶어졌다. 사회초년생이라 힘든 건지 아니면 이 일을 해서 힘든 건지 분간이 가진 않았지만, 어쨌든 당장 퇴사를 하지 않으면 미쳐버릴 것 같았다. 매일 기사 발제와 마감을 해야 한다는 압박감은 가슴을 답답하게 옥죄어 왔고, 언제 어떤 사건이 터질지 모른다는 불안감은 마음을 더욱 병들게 했다. 끝내 나는 나를 지키기 위해 퇴사를 결정했다.

그토록 바라던 일을 하게 됐는데 이건 아닌 것 같다며 스스로 손을 놓아 버렸다. 이젠 무엇을 하며 살아야 할까 앞길이 막막한 상황에서 나는 혼자 여행을 떠나기로 결심했다. 재취업을 걱정해야 하는 현실에서 벗어나고 싶은 마음도 있었지만, 어릴 때부터 치열한 경쟁 속에서 살아남기 위해 쉼 없이 달려온 나에게 일단 휴식을 선물하고 싶은 마음이 컸다. 아무도 나를 모르는 낯선 곳에 가면 사회적 시선에 얽매이지 않은 진짜 내 모습을 발견할 수 있지 않을까 하는 기대도 있었다. 조금이라도 젊고 건강할 때 최대한 많은 곳을 누비고 싶어서 여행 기간은 한 달로 잡았다. 한 달이 넘어가

면 여행이 일상처럼 느껴져서 설렘을 유지할 수 없을 것 같
았다. 목적지는 TV 여행 프로그램에서 보고 반했던 동유럽.
화려한 도시보다 한적한 시골과 자연을 좋아하는 나에게 매
력적으로 다가온 곳이다. 물가도 저렴한 편이라 장기 여행
으로 적합하다는 판단이 들었다.

여자 혼자서 치안이 좋지 않은 유럽을 간다고 했을 때 주
변에서는 걱정 어린 시선을 보냈다. 나 또한 조금은 두려웠
지만 그럼에도 불구하고 일을 저질렀다. 윤동주의 시집 하
나를 끼고……. 덕분에 아기자기한 동화 마을과 에메랄드빛
호수를 영혼에 담을 수 있었고, 나와 다른 환경 속에 사는
사람들을 만나 빛나는 인연을 맺을 수 있었다. 여행 중 마주
한 새로운 자극들은 무기력에 빠졌던 나를 다시 살아 움직
이게 만들었다. 삶에 대한 의지와 희망을 되찾게 해 줬다.

여행 일정을 마치고 숙소에 돌아오면 꾸벅꾸벅 졸면서도
동주의 시를 읽으며 매일 흰 종이에 검정 잉크를 묻혔다. 그
렇게 채운 두 권의 일기장은 이 책이 되어 나왔다. 동유럽에
서 보고 느낀 것들을 여러분과 나눌 수 있게 되어 감사하다.
권태로운 일상에 지친, 길을 잃고 방황하는 누군가에게 이
책이 조금이나마 공감과 위로가 되었으면 좋겠다.

길

잃어 버렸습니다
무얼 어디다 잃었는지 몰라
두 손이 주머니를 더듬어
길에 나아갑니다

돌과 돌과 돌이 끝없이 연달아
길은 돌담을 끼고 갑니다

담은 쇠문을 굳게 닫아
길 위에 긴 그림자를 드리우고

길은 아침에서 저녁으로
저녁에서 아침으로 통했습니다

돌담을 더듬어 눈물짓다
쳐다보면 하늘은 부끄럽게 푸릅니다

풀 한 포기 없는 이 길을 걷는 것은

담 저쪽에 내가 남아 있는 까닭이고

내가 사는 것은, 다만,
잃은 것을 찾는 까닭입니다

윤동주

이 길의 끝에서 우리가

• Contents

1부

이상과
일상

흑백티비가 된 세상

아무리 생각해도 제정신은 아닌 듯 했다. 한 달 여행을 가는데 출발 당일 새벽에 짐을 싸다니. 너무 막막해서 미루고 미루다 결국 디데이가 코앞에 오고 말았다. 여권, 카메라, 여행용 멀티어댑터, 보조배터리, 일기장 등 가져갈 것이 수두룩하다. 쓸쓸히 하늘을 지키던 노란 달은 어느새 저물고 붉은 얼굴의 해가 인사를 건넨다. 1시간만 눈을 붙이고 집을 나섰는데 신기하게도 피곤하지가 않다.

인천국제공항에서 수하물을 부치고, 오전 11시에 이륙하는 폴란드항공 여객기에 탑승한다. 항공사 사이트에서 사전에 지정한 복도석에 앉았다. 비행기를 자주 타니 창가에서 하늘을 내려다보는 일에는 큰 감흥이 없다. 터치 스크린으로 영화를 연속 시청한 뒤 기내식 먹을 준비를 했다. 승무

원에게 식사 메뉴를 듣는데 오른쪽에서 나를 빤히 쳐다보는 시선이 느껴진다. 잠시 후 옆자리에 앉은 남자가 나와 똑같이 콜라와 닭고기를 주문했다. 영화를 볼 때부터 자꾸 나를 따라하는 것 같아 느낌이 싸늘했다.

10시간의 긴 비행 끝에 경유지인 바르샤바 쇼팽 국제공항에 도착했다. 보안 검사대를 통과하고 폴란드에 첫 방문한 기념으로 공항 곳곳을 둘러봤다. 전면이 통유리로 된 카페에서 아이스 아메리카노를 마시며 남은 시간을 보낸 후, 체코 프라하행 여객기의 탑승구를 찾아갔는데 한 남성이 다가와 말을 걸었다.

"안녕하세요, 프라하 가시나 봐요?"

얼굴을 자세히 보니 아까 기내에서 옆에 앉았던 한국인이었다.

"아, 네. 한 달 동안 동유럽 여행을 하는데 출발지가 프라하예요."

"저는 교환학생으로 6개월 동안 프라하에 있을 예정이에요. 사실 해외를 가는 게 이번이 처음이라 많이 떨려요."

'처음'이라고 말하는 그의 얼굴엔 푸릇푸릇하게 생기가 돌았다. 비행기 안에서 자꾸 나를 따라하던 그의 행동이 이제야 납득이 갔다.

"첫 해외 방문 축하드려요. 이것저것 경험하면서 재미있는 시간 보내세요!"

"감사합니다. 즐거운 여행 되세요!"

새로운 시작으로 두근거림을 느끼는 그를 보면서 나를 돌아본다. 여행 전까지 내 마음은 꽤 오랜 시간 꽁꽁 굳어 있었다. 다양한 경험으로 가슴을 달궈서 내면의 얼음을 깨부수어야 했지만 시간, 돈, 가족 등 온갖 핑계를 대며 방치하고 말았다. 처음 볼 때는 무지개색으로 빛나던 것들도 시간이 흐르니 희미하게 색이 바랬고, 그렇게 내가 보는 세상은 흑백티비가 되어 버렸다.

여행을 통해 나의 둔한 감각을 깨워서 선명한 컬러티비로 세상을 보고 싶다. 가슴이 요동치는 경험을 하면서 '살아있음'을 느끼고 싶다. 익숙한 풍경과 사람 속에서 감정이 무뎌진 채로 살기엔 인생이 너무 짧다. 아직 내가 경험해 보지 못한 것들이 너무나도 많다.

이상과 일상 사이

시차 적응이 덜 됐는지 오전 6시에 눈이 번쩍 떠졌다. 창
밖을 쳐다보니 하늘은 아직 캄캄하다. 다시 잠을 청해보지
만 머릿속은 점점 맑아진다. 어젯밤 아무렇게나 벗어 놓은
청바지를 입고 산책에 나섰다. 삐죽 얼굴을 내미는 아침 햇
살이 호텔 앞 거리를 붉은빛으로 물들인다. 바람은 휙휙 소
리를 내며 나의 귓가를 지나쳐 허공을 가르며 날아간다.

프라하 시내는 잘 만들어진 영화 세트장 같았다. 알록달
록 색을 입은 건물들, 울퉁불퉁 제멋대로 튀어나온 돌길, 그
위를 오가는 올드 트램까지 중세 영화의 한 장면처럼 비현
실적이었다. 걸음을 내디딜 때마다 뒤로 사라지는 풍경이
아쉽기만 하다. 천천히 길을 가는데 한 남자가 담배를 입에
물고 내 앞을 쓱 지나간다. 왼손에 든 낡은 검정색 서류 가

방이 그가 직장인임을 알려준다. 터덜터덜 걸어가는 그의 뒷모습에서 삶의 고단함이 묻어났다.

맞은편에서는 무채색 코트를 입은 여자가 다가온다. 잔뜩 찌푸린 얼굴의 그녀는 휴대폰 화면에 시선을 고정하고 나를 지나친다. 주위를 둘러보니 모두 바쁘게 어디론가 향하고 있다. 불과 몇 분 전만 해도 고풍스러운 중세 도시에 사는 프라하 시민들이 부러웠는데, 정작 그들은 거리의 풍경에 큰 관심이 없어 보였다. 나만 혼자 시간이 멈춘 듯 느긋하게 경치를 즐긴다. 낭만이 넘치는 프라하도 현지인에게는 그저 무료한 일상의 공간이었다.

800년의 역사를 자랑하는 하벨 시장은 관광객을 맞이할 준비에 한창이다. 머리가 희끗희끗 센 상인들은 거칠고 주름진 손으로 기념품, 과일, 야채 등을 하나씩 진열한다. 나는 연극 시작 전 커튼이 쳐진 무대를 몰래 보는 것 마냥 숨죽여 그 모습을 지켜봤다. 그동안 얼마나 많은 사람들이 이곳에서 생존을 위한 사투를 벌여 왔을까. 상인들의 한숨으로 데워진 아침 공기가 살갗을 따갑게 찔러 댔다.

여행을 오기 전 방송에서 본 프라하는 동화에 나올 법한 꿈의 도시였다. TV 속 프라하 시민들은 아름다운 경관을 누리며 여유롭게 일상을 보내는 것처럼 비춰졌다. 한국의 가혹한 경쟁사회에서 이리저리 치이며 살아온 나는 아무 걱정 없이 평온하게 사는 것 같은 그들이 부러웠다. 하지만 프라하에 와보니 이곳 역시 자본주의의 냉혹함이 서린 현실 세계였다. 프라하 시민들도 인간다운 삶을 영위하기 위해 각자의 자리에서 고군분투하며 살고 있었다.

프라하처럼 내가 가보지 않은 곳은 늘 현실보다 미화된다. 밖에서는 썩어가는 속을 들여다볼 수 없으니 번지르르한 겉만 보고 환상을 갖게 될 수밖에. 어쩌면 어두운 현실에서 벗어나기 위해 '그곳에 가면 행복할 거야'라며 막연한 희망을 품는지도 모르겠다. 그렇게 내가 만든 이상은 현실을 맞닥뜨린 후 와장창 무너졌다. 스포츠기자가 되고 나서도 마찬가지였다. 내가 가보지 않은 길을 동경했지만, 막상 그 길에 들어서니 이상과 다른 현실에 좌절감을 느꼈다.

어디에서 어떤 삶을 살든 마냥 좋을 수만은 없다는 사실을 이제는 안다. 스스로 생계를 책임지는 일에는 필연적으로 고통이 수반되고 그게 '어른의 삶'이라는 것도 깨닫는다. 앞으로는 허상에 사로잡혀 나와 다른 삶을 맹목적으로 좇기

보다 현재 내 삶에 집중하고 싶다. 지금 내가 하고 있는 일, 내 옆에 있는 사람들, 나에게 주어진 환경을 감사히 여기면서 열심히 하루하루를 살다 보면 그 순간들이 모여 기적 같은 순간을 만들어내지 않을까. 그날이 오길 기다리며 오늘도 치열하게 하루를 버틴다.

사랑스런 추억

봄이 오든 아침, 서울 어느 쪼그만 정거장에서
희망과 사랑처럼 기차를 기다려

나는 플랫폼에 간신한 그림자를 떨어뜨리고,
담배를 피웠다

내 그림자는 담배연기 그림자를 날리고
비둘기 한 떼가 부끄러울 것도 없이
나래 속을 속, 속, 햇빛에 비춰 날았다

기차는 아무 새로운 소식도 없이
나를 멀리 실어다 주어

봄은 다 가고--동경 교외 어느 조용한
하숙방에서, 옛 거리에 남은 나를 희망과
사랑처럼 그리워한다
오늘도 기차는 몇 번이나 무의미하게 지나가고,

오늘도 나는 누구를 기다려 정거장 차가운 언덕에서

서성거릴 게다

--아아 젊음은 오래 거기 남아 있거라

윤동주

그곳에　가면　행복할까

백발의 예술가들

카를교 위 어디선가 달콤한 선율이 들려온다. 나이가 지긋해 보이는 악사들이 첼로, 트럼펫, 클라리넷 등을 연주하고 있었다. 악사들은 서로의 눈을 바라보면서 해맑은 표정으로 어깨를 들썩였다. 악보 없이도 음표를 술술 그려 나가는 모습에 "길거리 연주가 수준급이네!"라는 말이 절로 나온다. 여러 악기의 소리가 살포시 포개지자 분홍빛 멜로디가 카를교를 수놓았다.

연주가 끝나고 악사들이 악기를 재정비하는 동안 다리 위를 훑어보았다. 인파로 들끓는 곳에서 홀로 창작에 몰두하는 한 화가가 눈에 띈다. 갈색 중절모 밑으로 희끗희끗한 머리를 드러낸 그는 시끌벅적한 환경에서도 묵묵히 풍경화를 그렸다. 주변을 둘러보니 또 다른 흰머리 화가가 젊은 남

녀를 앞에 두고 초상화를 그리고 있다. 색다른 추억을 선물
해주는 게 뿌듯해서일까. 화가의 얼굴에는 생글생글 미소가
번진다.

　백발의 예술가들을 보며 나 역시도 노년은 저렇게 보내
고 싶다는 생각을 한다. 한 분야의 장인이 되어 재능을 꽃
피우고, 좋아하는 일을 하면서 인생을 즐기는 것. 어느 정도
연륜이 쌓여야 가능한 일이기에 그들의 많은 나이가 부럽기
까지 했다. 한 살이라도 어려지고 싶어서 만 나이를 들먹이
던 내가 '나이 듦'을 동경하게 되다니, 참 종잡을 수 없는 게
인간인가 보다.

물론 나이가 든다고 해서 여유 넘치는 삶이 보장되는 건 아니다. 어릴 때는 서른이면 나의 길을 확고하게 가는 어른이 되어 있을 줄 알았는데, 막상 서른이 되어보니 여전히 인생에 서툴다. '이 길이 맞는 걸까?' 끊임없이 의심하고 고민한다. 내면은 그대로인데 나이를 가리키는 숫자만 늘어난 느낌이다.

인생 황혼기 즈음에는 나도 내 일을 멋지게 즐기는 어른이고 싶다. 지금은 내 영혼을 갉아먹으면서 글을 쓰지만, 그때는 나를 쥐어짜는 고통 없이 편하게 글을 쓰고 싶다. 인생의 쓴맛을 씹고 삼키다 보면 언젠가 단맛으로 느끼는 때가 오겠지.

어떤 어려움이 닥쳐도 중심을 잡을 줄 아는 단단한 어른으로 성장하길, 여전히 튼튼한 팔다리로 거리를 누비면서 세상을 보고 들을 수 있길 꿈꿔본다.

나만의 색깔로

어릴 때부터 시원한 바다가 떠오르는 파란색을 좋아했다. 파란색을 보면 작은 웅덩이 같은 내 마음도 바다처럼 한없이 커지는 기분이 들었다. 더불어 청량한 파도 소리가 귓가에 울리면서 꽉 막혀 있던 가슴이 뻥 뚫리는 느낌도 들었다. 어쩌다 보니 대학교도 푸른 물결이 일렁이는 곳으로 갔고, 이후 파란색과 남모를 의리가 생겨 '붉은색은 좋아하면 안 된다'는 요상한 의무감을 갖게 됐다.

몇 차례 위기에도 잘 견뎌왔건만 체코 체스키크룸로프에 발을 디딘 순간 파란색과 의리를 저버리고 말았다. 주황 모자를 쓴 건물들이 오밀조밀 들어찬 중세 도시의 풍경은 붉은색을 적대했던 내 마음을 스르르 녹게 만들었다. '이런 아름다운 동화 속 세상에 내가 들어가도 되나?' 싶어 몸은 그

자리에서 얼어 버렸다. 한참 뒤에야 이곳이 현실 세계임을 깨닫고 마을 안으로 들어갔다.

거리에는 어깨를 맞대고 수백 년 세월을 버틴 건물들이 촘촘히 늘어서 있다. 한적한 거리를 지나 체스키크룸로프 성에 오르자 '동화 마을'의 절경이 한눈에 담겼다. 건물 위에 널린 주황색 지붕들은 톡톡 튀면서도 마을의 고즈넉함을 품고 있었다. 울긋불긋 물들기 시작한 나무들과 아기자기한 마을이 어우러진 풍경을 보니 "가을에 유럽을 가는 건 사기야!"라며 부러워했던 친구의 음성이 귓가에 맴돈다.

체스키크룸로프는 사람도 친절하고 풍경도 멋졌으며 음식마저 완벽했다. 감동의 연속이었던 곳을 떠나려고 하니 '이만한 감흥을 다른 도시에서 느낄 수 있을까?', '괜히 기대치만 높아져서 실망하는 건 아닌가?' 걱정이 앞선다. 근심을 안고 도착한 다음 여행지는 오스트리아 서부에 위치한 잘츠부르크. 잘츠부르크는 소금 산지로 명성이 높지만, 관광객들에겐 모차르트의 고향으로 더 많이 알려져 있다.

잘츠부르크를 여행하면서 내가 했던 걱정은 쓸모없는 것이었음을 알게 된다. 1700년대 문을 연 모차르트의 단골 카

페 토마셀리, 각 상점들의 특색 있는 철제 간판이 모인 게트라이데 거리 모두 고풍스러운 멋을 자아냈다. 뮌히스베르크 전망대에서 본 잘츠부르크는 민트색과 회색 지붕이 뒤섞여 모던한 느낌이 났다. 장난감 같았던 체코의 붉은 지붕과 달리 시크하고 세련된 멋이 뿜어져 나왔다.

도시마다 각자 다른 매력이 있는데, 그걸 무시한 채 우열을 가리려고 했던 내 자신이 부끄러워졌다. 어느 여행지이든 다른 도시와 비교하면 아쉬운 점이 보이지만, 있는 그대로의 모습을 존중하면 단점도 그 도시만의 매력으로 보이기 마련이다. 빨강은 빨강대로 파랑은 파랑대로 각자의 멋이 존재할 뿐 무엇이 더 우월하다고 말할 수 없다.

우리의 삶도 마찬가지라는 생각이 든다. 다른 사람과 비교하는 순간 내가 잘 살고 있는 게 맞나 끊임없이 의심하게 되지만, 내 갈 길을 가면서 꿋꿋하게 나만의 색깔을 만들어 내면 결국엔 나로서 인정받게 된다. 서로 다른 환경, 성격, 취향 등을 가진 사람들이 똑같은 삶을 살려고 애쓰는 게 더 이상하지 않은가. 획일화된 기준을 갖고 삶의 옳고 그름을 판단하려는 현실이 참 아이러니하다. 우리는 엄연히 다른 사람들이니까, 각자의 다른 삶도 충분히 존중받았으면 좋겠다.

필요한 건 단1승

혼자 훌쩍 떠나는 여행을 좋아한다. 복잡한 현실에서 벗어나 어디론가 사라져버리고 싶은 충동이 생기면 급하게 짐을 싸서 낯선 곳으로 떠나곤 한다. 나홀로 여행의 장점은 많다. 다른 사람과 타협할 필요 없이 내 취향에 맞는 카페, 식당, 관광지로 여행을 채울 수 있고, 여행 중 마음에 드는 곳을 발견하면 그곳에 몇 시간을 머물러도 된다. 하지만 혼자 여행을 좋아하는 가장 큰 이유는 따로 있는데 그건 바로 국적, 성별, 나이 등을 막론하고 새로운 친구를 사귈 기회가 많다는 것이다.

잘츠부르크에서 나는 두 명의 소중한 친구를 사귀었다. 첫 번째 친구는 영화 '사운드 오브 뮤직' 촬영지인 미라벨 궁전에서 셀카를 찍고 있을 때 다가온 한국인 M이다. 나처럼 여자 혼자 여행 온 그녀는 궁전을 같이 돌아다니면서 서로 사진을 찍어주자고 제안했고, 나는 그 제안을 받아들였다. 그렇게 M과 동행이 시작됐다.

내게 먼저 손을 내민 M이 어떤 사람인지 궁금해서 질문을 던졌다.

"한국에서는 어디에 살아요?"

"원래 고향은 지방인데 학교 때문에 목동에 살고 있어요."

"목동이요? 저 목동에서 진짜 오래 살았어요. 전공은 뭐예요?"

"아, 진짜요? 전공은 국어교육과요."

"저랑 통하는 게 많네요. 저는 스포츠 기자였는데 퇴사하고 여행 왔어요."

"저 지금 기자님이랑 같이 있는 거예요? 우와! 취준생이라 신기해요."

M은 대학교 졸업을 앞둔 취업 준비생이었다. 직장생활을 하면 장기 여행을 다니기 어려울 것 같아서 취직 전에 혼자 동유럽을 왔다고 한다. 만난 지 얼마 되지 않은 나를 '언니'라 부르며 살갑게 대하는 모습이 고맙고 예뻤다. 푸릇푸

룻한 대학생과 이야기를 나누니 내 몸에 들러붙은 사회의 검은 때가 시원하게 벗겨지는 느낌이었다. 며칠 후 우리는 헝가리에서 재회했고, 서로에게 잊지 못할 시간을 선물했다.

두 번째 친구 A는 숙소 로비에서 인연을 맺었다. A가 먼저 다가와 "아까 모차르트 생가에서 너 봤어. 저녁 같이 먹을래?"라고 물었고, 우리는 한 레스토랑을 찾아가 맥주잔을 기울이며 대화를 나눴다. A는 구독자 4만 명을 보유한 호주 출신의 여행 유튜버였다. 브이로그, 현지인 인터뷰, 호텔 리뷰 등 본인이 찍은 영상을 보여줬는데, 모두 전문가 수준이었다. 내가 감탄을 하자 신난 A는 어떤 과정을 거쳐 영상을 만드는지 설명한다.

"여행 전에 여러 호텔을 알아본 다음 '홍보 영상을 찍어 줄 테니 무료로 숙박하게 해 달라'고 이메일을 보내."
"진짜? 그러면 답장이 와?"
"최근 터키 갈 때 영상 기획안을 첨부해서 호텔 15곳에 이메일을 보냈는데 딱 한 곳에서 연락이 왔어. 그래서 2박 3일간 호텔에 공짜로 머물렀어."
"멋있다! 나는 거절 당하는 게 두려워서 그런 거 잘 못해."

"두려울 게 뭐가 있어? 딱 1승만 하면 되는데."

"네 말이 맞네. 수없이 지더라도 딱 1승만 거두면 내가 이기는 게임이네!"

"맞아, 난 도전을 좋아해. 디제잉을 배워서 클럽 DJ도 하고, 드럼을 배워서 밴드 공연도 했어."

"정말 재미있게 사는구나. 나도 하고 싶은 건 많은데 자꾸 미루게 돼."

"인생은 생각보다 짧아. 하고 싶은 게 생기면 그냥 하면 돼. 그럼 삶이 훨씬 즐거워질 거야."

A는 대화를 통해 자신이 가진 용기와 실행력을 나에게 전달해줬다. 덕분에 나는 비타민 주사를 맞은 것처럼 전신에 활력이 돌았고, 무슨 일이든 해낼 수 있을 것 같다는 자신감을 얻었다. 내게 필요한 건 단 1승이라는 그의 말을 되짚으며 다짐했다. 숱한 도전 속에 좌절을 맛봐도 계속 일을 저질러 봐야겠다고.

누군가의 하루를 바꾸는 건

누가 그랬다. 인생은 수많은 변수의 연속이라 계획한 대로 흘러가지 않는다고. 여행도 마찬가지였다. 계획대로 일정이 척척 진행되다가도 덜커덕 제동이 걸리는 순간이 있었다.

오스트리아 잘츠부르크에서 장크트볼프강으로 가는 날이었다. 버스를 타고 경유지인 장크트길겐에 내려 선착장 앞 매표소로 향한다.

"안녕하세요, 무엇을 도와 드릴까요?"

"오후 4시 30분에 장크트볼프강으로 가는 유람선 티켓 주세요."

배를 탈 때까지 남은 시간은 2시간 30분. 매표소에 짐을 맡긴 뒤 츠빌퍼호른 전망대로 가는 케이블카에 몸을 실었다.

낡은 케이블카는 노란색 옷을 입고 1,500m 높이의 산을 향해 올라간다. 힘에 겨운 듯 '삐걱' 소리를 냈지만, 60년의 세월이 빚어낸 화음이라 생각하니 무섭지 않았다. 케이블카에서 내려 산 정상에 발을 딛자 파노라마처럼 전망이 펼쳐졌다. 정면에는 에메랄드빛 호수를 품은 아담한 마을이, 뒤편에는 잎이 푸른 나무와 뾰족하게 솟은 알프스 산맥이 인사한다. 웅장한 자연 속에서 바라본 세상은 작고 희미한 점에 불과했다.

속세에서 떠안은 고민은 자연에 던져 버리고, 마음속 빈 공간을 상쾌한 공기로 채운다. 유람선 탑승 시간이 다가오지만 경치에 매료돼 발걸음이 쉽게 떨어지지 않았다. 자연은 평온한 얼굴로 시간을 집어삼켰다. 케이블카를 타고 마을로 내려와 시계를 확인하니 이미 유람선 탑승 시간은 지나 있었다. 혹시나 해서 선착장까지 뛰어갔지만 배는 떠나고 없다. 오늘은 장크트볼프강에 못 가는 건가. 장크트길겐에서 노숙이라도 해야 하나. 좌절하며 선착장 앞 매표소를 둘러본다.

"안 그래도 당신을 찾고 있었어요."

분명 매표소 운영 시간이 끝났는데 안에 직원이 있었다. 알고 보니 직원은 보관하던 내 짐을 돌려주기 위해 퇴근 시간이 넘었는데도 집에 가지 않고 나를 기다리고 있었다.

"죄송해요, 제가 너무 늦었네요."

"배 놓쳤죠? 이따 6시에 마지막 배 있으니까 꼭 타세요."

"다행이네요. 정말 감사합니다."

직원은 새로 끊은 승선권을 내 손에 쥐어 준 뒤 매표소 문을 잠그고 떠났다.

낯선 곳을 떠도는 여행에서 현지인의 작은 호의는 큰 힘이 된다. 불안하고 다급했던 내 마음은 한순간 차분해졌고, 온몸에는 기분 좋은 에너지가 솟아났다. 누군가의 사소한 관심과 배려가 하루를 바꿔 놓을 수 있다니, 나도 내가 받은 만큼 다른 사람에게 특별한 하루를 선물하고 싶어졌다.

돌아보면 나도 과거에는 주변을 세심히 살피는 사람이었다. 남의 일을 내 일처럼 생각하고 물심양면으로 돕는 사람. 언제든 흔쾌히 곁을 내주는 사람. 이런 내 성격을 알기에 대학생 때 복수 전공으로 사회복지학을 선택하기도 했다. 그러나 각박한 세상을 살면서 나도 그에 맞춰 변해갔다. 누군가 고충을 토로하면 '사는 게 다 그렇지' 또는 '안 힘든 사람이 어딨어'라는 생각이 스멀스멀 피어올랐다. 타인의 상황을 들여다보고 감정을 공감하는 데 에너지를 쏟는 일이 어느 순간부터 버겁게 느껴졌다.

장크트길겐 유람선 매표소 직원의 작은 호의는 나를 성찰하게 만들었다. 타인을 돌보는 사람이 내뿜는 빛은 꽤나 따스하고 강렬했다. 그 빛이 너무 좋아서 다른 사람과도 나누고 싶어졌다. 내가 건네는 다정함이 꼬리에 꼬리를 물고 이어져서 냉혹한 세상의 온도를 조금은 높일 수 있겠다는 희망도 생겼다. 각자의 불안 속에 사는 현대인일수록 필요한 건 서로 지친 어깨를 맞대고 온기를 나누는 일이니까. 아무리 사는 게 바빠도 주변을 한번쯤 둘러보는 여유는 갖고 살아야겠다.

지상낙원으로 가는 기차

아침 8시에 장크트볼프강 숙소에서 일어나자마자 창문을 열었다. 일기 예보대로 비가 내렸는지 운무가 산의 머리를 쓰다듬고 지나간다. 선선한 바람에 실린 풀내음은 코끝을 찌르며 몽롱한 상태인 나를 깨웠다. 평소 여행할 때는 많은 곳을 둘러보기 위해 부지런히 움직이는데, 이날은 숙소에서 가만히 창 밖을 바라보며 여유 있게 아침을 보냈다. 아무 것도 안 하는데 죄책감을 느끼지 못하는 건 오랜만이었다.

낮 12시쯤 숙소를 나와 샤프베르크 산악열차 탑승장을 찾았다. 샤프베르크 산악열차는 1893년부터 120여 년째 운행 중인 증기 기관차로, 톱니바퀴 철도를 통해 1,783m 높이의 샤프베르크 산을 오른다. 여전히 산이 안개로 뒤덮여 열차를 탈지 고민이 됐는데, 빨간색 증기 기관차를 보자마자 표를 사러 달려갔다. 철도박물관에 있을 법한 저 오래되고 예쁜 기차를 타고 올라가면 안개도 눈치껏 걷힐 것이라는 기대감이 생겼다.

기차는 늘 설렘의 공간이다. 기차를 타고 어디로 간다는 건 일상으로부터 멀리 벗어난다는 뜻이니까. 반복되는 생활에 얽매이지 않는 방랑자가 된 기분이 들어 몸과 마음이 한결 가벼워진다. 목적지로 가는 동안 멍하니 창가 풍경을 바라보는 것도, 눈을 감고 좌석에 편하게 기대어 생각에 잠기

는 것도 좋다. 새로운 추억을 안고 기차에 돌아오는 모습을 상상하면 가슴이 뛴다.

이번 기차의 종착지는 알프스 산맥과 70여 개의 호수가 어우러진 대자연이다. 나의 증조할머니 연배쯤 되는 샤프베르크 산악열차는 '칙칙폭폭' 정겨운 소리를 내며 길게 뻗은 기찻길을 올랐다. 열차가 뒤로 기울수록 푸른 초원 위 작은 마을과 청록색 물빛을 머금은 호수가 제 모습을 드러낸다. 엄마 옆에 덤덤히 앉아 있던 아이도 자리에서 일어나 이곳 저곳 카메라를 들이대기 시작했다.

산 정상에 도착해 기차에서 내리자 믿기 힘든 풍경이 펼

처졌다. 하늘색 물감을 풀어놓은 듯한 호수, 호수를 품고 있는 날렵한 초록색 조각들은 자연이 빚은 하나의 예술 작품이었다. 고도가 높은 곳이라 바람이 매서웠지만, 대자연을 만끽하기 위해 벤치에 앉았다. 여기가 지상낙원이구나! 말 없이 절경을 감상하다 문득 BTS의 'Euphoria'가 듣고 싶어 귀에 이어폰을 꽂았다.

♪

너는 내 삶에 다시 뜬 햇빛
어린 시절 내 꿈들의 재림
모르겠어 이 감정이 뭔지
혹시 여기도 꿈속인 건지

꿈은 사막의 푸른 신기루
내 안 깊은 곳의 a priori
숨이 막힐 듯이 행복해져
주변이 점점 더 투명해져

저기 멀리서 바다가 들려
꿈을 건너서 수풀 너머로
선명해지는 그 곳으로 가
Take my hands now
You are the cause of my euphoria

신비로운 자연을 배경으로 정국의 청아한 음색과 몽환적인 멜로디가 귓속에 울린다. 노래 초반에는 지상낙원을 찾았다는 황홀한 행복감에 가슴이 벅차올랐다가 이내 아련한 그리움이 밀려왔다. 이곳은 내가 사는 곳이 아니니까, 계속 머물 수는 없으니까. 결국 지상낙원은 눈에 보이지만 잡히지 않는 사막의 신기루처럼 닿을 수 없는 환상이라는 생각이 들었다.

음악은 시간이 흘러 몇 장의 이미지로만 남는 추억을 영상처럼 살아 움직이게 만든다. 지금도 BTS의 'Euphoria'를 들으면 샤프베르크 정상에서 느꼈던 감정들이 몸 안에서 꿈틀거린다. 여행을 다니면서 여행지와 어울리는 노래를 찾아 듣는 건 이제 습관이 됐다. 일상생활에서 잠시 현실을 잊고 꿈의 세계로 떠나고 싶을 때 보물상자 꺼내듯 여행지에서 들었던 노래를 찾아 감상한다. 여행을 오래 추억할 수 있는 하나의 방법이 있다는 건 감사한 일이다.

물벼락 맞는 포토존

인스타그램에서 '동유럽 여행'을 검색하면 게시물마다 빠지지 않고 등장하는 사진이 있다. 바로 오스트리아 동화 마을 할슈타트의 풍경 사진이다. 과거에는 할슈타트를 아는 사람이 많지 않았지만, 각종 방송에 소개되고 디즈니 영화 '겨울왕국'의 배경지로 입소문을 타면서 관광 명소로 떠올랐다. 이제는 오스트리아 여행의 필수 코스가 되어 인구가 1,000명도 되지 않는 작은 마을에 하루 약 1만 명의 관광객이 몰려든다고 한다.

오버트라운 숙소에 짐을 풀고 할슈타트행 배가 있는 선착장으로 향했다. 선착장에는 유람선이 아닌 작은 나룻배 두 척이 정박해 있다. 운치를 더하는 나룻배가 반가우면서도 튼튼하지 않을 것 같아 불안했다. 설마 무슨 일이 생기겠어? 에휴 이 쫄보! 스스로를 나무라며 배에 타는데, 한 외국인이 "배 안전한 거 맞아요? 호수 깊이가 어느 정도 되나요?"라고 뱃사공에게 묻는다. 다행히 나만 겁쟁이가 아니었다.

뱃사공은 "아무 일도 일어나지 않을 겁니다"하며 웃은 뒤 두 척의 나룻배를 단단히 묶었다. 뱃사공이 노를 젓기 시작하자 나룻배가 부드럽게 미끄러지듯 앞으로 나아간다. 나룻배에 몸을 맡기니 잔잔한 강물의 움직임이 느껴지면서 마음이 편안하다. 물결을 따라 천천히 전진하는 나룻배처럼 나도 그냥 흘러가는 대로 살고 싶다는 생각이 든다. 유유히 물살을 가르는 청둥오리가 유독 부러웠다.

나룻배를 탄 지 30분 만에 할슈타트에 도착했다. 깎아지른 산자락에 세모난 집들이 옹기종기 모여 있는 모습은 동화 속 한 장면 같다. 은은한 파스텔색 집들이 에워싼 광장을 지나자 인스타그램에서 숱하게 봤던 포토존이 나왔다. 포토존에서 가장 먼저 눈에 들어온 건 '조용히 해주세요', '노 드론 존' 등 관광객에게 주의를 당부하는 각종 경고문이었다.

포토존 근방은 세계 각지에서 온 관광객들이 뒤섞여 무

척 시끄러웠다. 일부 여행객들은 사람이 살고 있는 집 내부를 자세히 들여다보며 사진을 찍었고, 한 중국인은 '노 드론 존' 앞에서 버젓이 드론을 날렸다. 고요한 자연 앞에서 그야말로 아수라장이다. 복작복작한 곳을 빨리 벗어나고 싶었지만, 멋진 풍경에 발목이 잡혀 '예쁘긴 예쁘네'하며 감상에

젖어 있는데 갑자기 큰 소리가 들렸다.

"노 드론! 노 드론!"

소리가 난 곳은 포토존 앞 주택의 꼭대기 층. 잔뜩 인상을 쓴 할아버지가 창문을 열고 관광객 쪽을 내려다보며 외치는 말이었다. 할아버지의 경고 타깃은 내 옆에서 드론을 조종하던 중국인이었다. 할아버지는 말로만 해선 분이 안 풀렸는지 커다란 양동이를 들고 창 밖으로 찬물을 쏟아부었다. 이어 중국인을 향해 계속 고래고래 고함을 질렀다. 중국인 옆에 서 있던 나는 얼떨결에 같이 물벼락을 맞아 기분이 너무 상했지만, 뜨거운 분노를 토해내는 할아버지를 보면서 '오죽하면 저럴까' 하는 측은한 마음도 들었다.

여행은 '일상 탈출'을 의미하지만, 여행자의 '비일상'은 현지인의 '일상'으로 만들어진다. 때문에 현지인의 일상을 망가뜨리면, 그것에서 비롯되는 나의 여행도 망가지게 된다. 현지인의 일상을 훼손하지 않고 여행지를 그들에게 고스란히 돌려주는 건, 결국 나의 여행을 아름답게 만드는 방법이기도 하다. 여행자의 기쁨이 현지인의 고통으로 이어지는 일은 없기를, 모두가 행복하고 쾌적한 여행이 되기를 바라본다.

리틀 포레스트

도시에서 오래 살아온 사람이라면 누구나 한번쯤 시골살이를 꿈꾼다. 서울에서 태어나고 자란 나 역시도 시골살이에 대한 동경이 있다. 잿빛 빌딩숲을 벗어나 피톤치드를 마시면서 푸른 자연을 만끽하는 모습, 영화 '리틀 포레스트' 속 배우 김태리처럼 자전거를 타고 황금빛 들판 한가운데를 달리며 여유를 즐기는 모습을 상상하면 답답했던 숨이 탁 트이곤 한다.

할슈타트의 이웃 마을 오버트라운은 나의 시골살이 로망을 잠시나마 실현시켜준 곳이다. 오버트라운 숙소는 할슈타트 호수 바로 앞에 위치해 있었다. 아침에 숙소에서 눈을 떴을 때 시간이 6시 30분인데도 다시 잠을 청하지 않고 몸을 일으킨 건 새벽녘 호수를 보기 위해서였다. 방 창문을 활짝

열차 상쾌한 공기가 코를 스쳤고, 해가 뜨기 전 아무도 찾지 않은 호수에는 적막감이 감돌았다. 시간이 흐르자 호수는 발그레 달아오르더니 투명한 속을 내비쳤는데, 그 안에는 파란 하늘과 흰 구름, 초록으로 덮인 산이 담겨 있었다. 잔잔한 물살과 새 소리에 귀를 기울이며 영롱한 호수를 바라보니 마음이 안정됐다.

오버트라운의 호숫가 놀이터는 '자연을 벗삼아 논다'는 말이 딱 어울리는 곳이었다. 산을 병풍처럼 두르고 있는 배구장과 농구장, 호수로 풍덩 빠지는 미끄럼틀, 그리고 타이어 그네까지. 전망도 멋지고 독특한 놀이 기구도 많아서 하루 종일 있어도 심심하지 않을 것 같다. 어렸을 때 학원 건물이 빼곡한 서울이 아니라 오버트라운 같은 시골 마을에

살았다면 어땠을까. 자연과 동화되어 조금 더 너그럽고 포근한 사람이 될 수 있지 않았을까.

　오버트라운에서 남은 시간에는 자전거를 타고 마을 한 바퀴를 돌았다. 자전거 대여소에서 가장 마음에 드는 보라색 자전거를 고른 뒤 페달을 힘차게 밟는다. 시원한 바람과 싱그러운 풀 냄새를 온몸으로 맞으면서 넓은 들판을 가로지르니 세상 모든 걸 얻은 기분이다. 휘리릭 감기는 자전거 체인 소리만 크게 들릴 정도로 마을은 고요하고 평화로웠다. 길을 가다 발견한 계곡에선 노란색과 연두색 나뭇잎들이 슬로 모션처럼 흩날렸는데, 영화의 한 장면 같은 낭만적인 풍경에 시간 가는 줄 모르고 푹 빠져들었다.

　사람마다 여행을 가는 이유는 다양하지만, 근본적으로 여행은 내가 속한 사회에서 벗어나 자유로운 영혼이 되는 것이 아닐까. 오버트라운은 내가 생각하는 여행의 정의에 가장 걸맞은 곳이었다. 정해진 목적지 없이 그저 발길이 닿는 대로 다녔고, 서울에서는 누릴 수 없는 자연과 한적한 삶을 경험했다. 특별한 관광 명소를 들르지 않고 마을 구경만 했는데도 여행지에서 만난 장면들이 뇌리에 깊이 박혀 있다.

2부

적당한
거리

'진짜'를 만나러 갑니다

오스트리아 비엔나에서 비엔나 커피를 마시면 어떤 기분일까? 한국의 '비엔나 커피 하우스' 카페에서 커피를 마실 때 문득 떠오른 질문이다. 궁금증을 해결하기 위해 비엔나 케른트너 거리에 위치한 카페 자허를 찾아갔다. 카페 자허는 비엔나 3대 카페 중 한 곳으로 1876년부터 지금까지 140년의 역사를 이어가고 있다. 오스트리아 대표 디저트 자허토르테(살구잼을 넣은 초콜릿 케이크)가 탄생한 곳이기도 하다.

케른트너 거리를 걷는데 갑자기 비가 쏟아졌다. 근처 기념품 가게로 몸을 피했으나, 시간이 지나도 비는 그칠 기미가 보이지 않았다. 피할 수 없다면 당당히 맞서는 수밖에. 가게를 나와 줄기차게 퍼붓는 비를 뚫고 카페 자허의 문을 연다. 카페에 들어서자 빨간 벨벳 소파와 은은한 노란빛의 샹들리에가 화려함을 뽐냈다. 고급스러운 분위기에 압도당해 뒷걸음질치자 흰색 유니폼을 입은 직원이 다가와 1층으로 자리를 안내한다. 예쁘다고 소문난 2층에 앉고 싶었지만, 비를 뒤집어쓴 내 몰골을 보고도 내쫓지 않은 게 고마워서 순순히 안내에 따랐다.

자리에 앉아 '비엔나 커피'라 불리는 아인슈페너와 디저트 자허 토르테를 시켰다. 아인슈페너는 한 손에 커피를 들고 마차를 몰았던 마부들이 커피가 쏟아지는 것을 막기 위해 에스프레소 위에 크림을 듬뿍 얹어 마신 데서 유래했다고 한다. 티스푼으로 휘핑크림을 퍼올린 뒤 아래에 있는 커피를 살짝 적셔 입에 넣는다. 달달한 크림과 쌉쌀한 에스프레소가 어우러져 입안 가득 고소한 풍미를 퍼뜨렸다. 따뜻하고 부드러운 식감은 목을 타고 넘어가 비에 홀딱 젖은 몸을 사르르 녹인다. 자허 토르테는 진득한 초콜릿 시트 사이로 살구잼이 스며들어 기분 좋은 새콤함을 선사했다.

비엔나에서 비엔나 커피를, 자허 토르테 탄생지에서 자허 토르테를 먹으니 내가 뭐라도 된 양 어깨가 으쓱해진다. 커피 맛은 한국에서 먹은 것과 별반 다르지 않았지만, 유서 깊은 카페의 분위기와 '오리지널'이라는 특별함 때문에 훨씬 만족감이 컸다. 오감을 사로잡는 '진짜'를 경험하자 몸의 감각이 깨어나면서 마음의 문도 활짝 열린다. 뭔가 대단한 사람이 된 것 같은 뿌듯함에 히죽히죽 웃음이 흘렀다.

여행에서 발견하는 '진짜'의 대상은 나 자신이 되기도 했다. 평소에는 주어진 시간을 대부분 '해야 하는 일'에 사용했지만, 여행에서는 시간을 '가슴 설레는 일'에 사용했다. 내가 남에게 어떻게 보일까 신경 쓰지 않고, 그저 몸과 마음이 가는 대로 행동했다. 그러다 보면 나도 몰랐던 내 모습이 불쑥불쑥 튀어나왔다. 겁 많은 쫄보인 내가 스쿠터에 올라타 해안도로를 시원하게 달렸고, 낯가림이 심한 내가 처음 만난 여행자와 거리낌 없이 교감하며 깊은 대화를 나눴다.

이렇듯 여행은 나를 알아가는 과정이자 가장 솔직한 나를 담아내는 여정이다. 사회가 만든 가면이 얼굴을 짓누른다고 느껴질 때쯤, 진짜 나를 만나기 위해 다시 또 여행을 떠난다.

• 자허 토르테

• 아인슈페너

암흑 뒤에 찾아온 금빛처럼

일반적으로 한 여행지에 대한 평가는 여행자의 취향, 관심 등에 따라 달라진다. 여행지가 한적한 시골이면 "힐링돼서 좋았어요"라고 하는 관광객도 있지만, 누군가는 "심심하고 지루했어요"라고 말하기도 한다. 그런데 헝가리 부다페스트를 다녀온 사람들은 하나같이 입을 모아 말했다.

"부다페스트는 야경이 진짜 예뻐요. 야경 말고는 딱히 볼게 없지만 꼭 가보세요."

도대체 야경이 얼마나 예쁘길래 다들 이렇게 극찬하는 걸까. 부다페스트에 도착한 나는 머리 위에 뜬 해가 발 밑으로 사라지기만을 기다렸다.

푸른 빛이 돌던 부다페스트 하늘은 엷은 주황선을 그린

뒤 남색으로 물든다. 지평선 너머로 해가 뚝 떨어지자 하늘에 있던 모든 색들이 뒤엉켜 까맣게 변했다. 어둠이 내려앉을수록 국회의사당과 부다 왕궁에는 황금빛이 솟아났다. 밝은 조명이 꺼진 무대에서 건물들은 저마다의 금빛 옷을 입고 낭만을 노래했다. 노랗게 뜬 보름달과 검은 강물에 흔들리는 불빛은 노래에 맞춰 함께 춤을 췄다.

암흑 속에 잠긴 뒤 금빛으로 변하는 부다페스트처럼, 정말 힘든 시기를 지나면 내가 바라던 것들이 기적같이 찾아오곤 했다. 한없이 가라앉는 기분이 들어 모든 걸 포기하고 싶을 때 희망의 불빛이 손을 뻗어 그림자를 쓰다듬었다.

앞으로도 많은 고민과 위기를 마주하겠지만, 그럴 때마다 '긴 터널의 끝에 다가가고 있구나', '이제 빛을 볼 일만 남았구나'라고 생각하며 넘기려고 한다. 지쳐서 포기하고 싶은 순간이 생긴다는 건 그간의 노력이 결실을 맺기 직전이라는 하나의 신호일지도 모르니까.

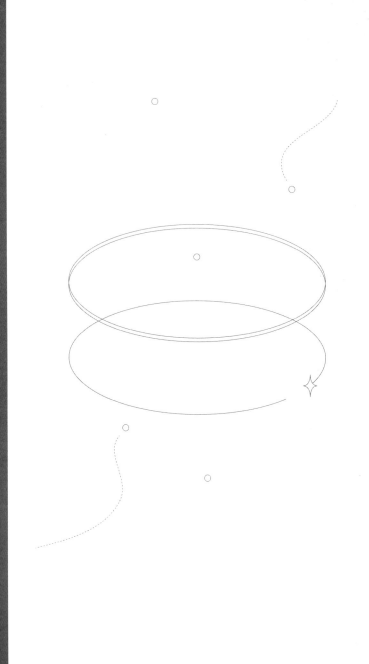

반딧불

가자 가자 가자
숲으로 가자
달조각을 주으러
숲으로 가자

그믐밤 반딧불은
부서진 달조각,

가자 가자 가자
숲으로 가자
달조각을 주으러
숲으로 가자

윤동주

희 망 의   불 빛 이   손 을   뻗 어

그리움을 품은 다뉴브강

2019년 5월 부다페스트 다뉴브강에서 승객들을 태운 유람선이 크루즈 선박과 충돌해 침몰하는 사고가 발생했다. 이 사고로 한국인 25명과 현지 승무원 2명이 사망하고 한국인 1명이 실종됐다. 사고로 희생된 한국인들은 대부분 여행사 패키지 투어 관광객이었다. 소중한 사람들과 함께 설렘을 안고 이곳에 왔을 텐데 불의의 사고로 유명을 달리하다니. 같은 관광객으로서 마음이 쓰여 머르기트 다리 밑에 있는 유람선 사고 희생자 추모 공간을 방문했다.

가로등에 걸린 작은 태극기는 추모 공간에 잘 찾아왔음을 알려준다. 바닥에는 숨진 이들의 넋을 기리는 꽃과 양초, 근조화환이 놓여 있고, 다리 벽면에는 사고 희생자들을 추모하는 글과 그림이 붙어 있다. '함께 울고 웃었던 날을 기억하며. 부디 그곳에서는 행복하세요.' 한 희생자 지인의 작별 인사는 덤덤해서 더욱 마음이 아팠다. 헝가리 아이가 서툰 한글로 꾹꾹 눌러쓴 애도 글, 천사가 유람선을 지키는 그림 등은 가슴을 먹먹하게 만든다. 수많은 사연과 그리움을 품은 다뉴브강을 한동안 바라보다가 발걸음을 옮겼다.

최근 몇 년 사이 나도 가까운 사람들을 홀연히 떠나 보냈다. 취업 준비에 한창일 때는 외할머니가, 첫 회사에 다닐 때는 이사님이 갑작스레 돌아가셨다. 며칠 전만 해도 평소와 같이 통화하고 얼굴을 마주했던 사람들이 돌연 세상을 떠나자 삶에 대한 냉소가 차올랐다. 이렇게 허망하게 끝나는 게 인생이라면 나는 무얼 위해 아등바등 사는 걸까. 여태껏 까만 도화지 위에 검정색 크레파스로 열심히 그림을 그려왔던 건 아닐까. 회의감에 젖었다.

상실의 아픔과 존재의 성찰 속에서도 묵묵히 일상을 채워갔다. 시간이 지나자 아무 일도 없던 것처럼 제자리로 돌아가 누구보다 치열하게 사는 스스로를 발견했다. 생애 마지막 순간은 느닷없이 찾아오니까, 당장 몇 시간 후가 될 수도 있으니까. 숨결이 깃든 '지금 현재'는 언젠가 내가 그리워하게 될 시간이고, 이 귀중한 시간을 낭비해선 안 된다는 생각은 다시금 나를 달리게 만들었다.

나만의 우주선

서른을 맞이해 독립하기 전까지 나만의 공간을 찾아다녔다. 집에 내 방이 있긴 했지만 같이 사는 누군가 마음만 먹으면 불쑥 들어올 수 있는 그곳은 온전한 나의 공간이 아니었다. 내게 필요한 건 주변 상황에 신경을 곤두세울 필요 없는, 외부와 단절된 나만의 공간이었다. 끝내 발견한 나의 아지트는 차 안이었고, 홀로 서울 외곽을 드라이브하거나 집 근처를 뱅뱅 돌면서 나와의 시간을 보냈다. 늘 팽팽하게 유지하던 긴장의 끈을 잠시 놓아도 되는 그 시간이 좋았다.

여행을 할 때도 개인 공간이 보장된 숙소를 선호하는데, 호텔 예약사이트에서 슬로베니아 류블랴나 센트럴 호텔을 보고 '아, 이거다!' 싶었다. 다른 사람들과 함께 방을 써서 숙박비는 저렴하나, 각자 캡슐침대라는 독립된 공간에서 쉴 수 있었기 때문이다. 언론을 통해 접한 캡슐호텔이 궁금했던 차에 호기심도 풀고, 경비 부담도 줄일 수 있으니 흔히 말하는 '개이득'인 것 같아 곧바로 숙소를 예약했다.

부다페스트에서 류블랴나까지는 버스를 타고 장장 6시간 반이 걸렸다. 건물 광고판에 루카 돈치치(슬로베니아 출신 NBA 선수) 사진이 걸린 것을 보니 슬로베니아에 온 게 실감이 났다. 내가 머무는 방은 10명이 함께 사용하는 공간이라 널찍했다. 화장실 겸 샤워실이 3개나 있었고, 캡슐침대들은 다른 캡슐침대들과 적당한 거리를 유지했다.

파란 불빛이 반짝이는 캡슐침대 외관에 카드키를 대니 출입문이 철커덕 열리면서 SF영화에 나올 법한 우주선 모양의 내부가 모습을 드러낸다. 사람 한 명이 누우면 꽉 차는 작은 캡슐 안에 침대, TV, 시계, USB단자, 옷걸이 등 없는 게 없다. 마치 중요한 임무를 맡은 우주비행사가 사용하는 숙소 같아 기분이 들떴다. 새로운 내 공간을 찾은 기쁨에 설레기도 했다.

류블랴나 시내를 구경하면서도 자꾸 캡슐침대 생각이 나서 관광을 대충 끝내고 재빨리 호텔로 돌아왔다. 시원하

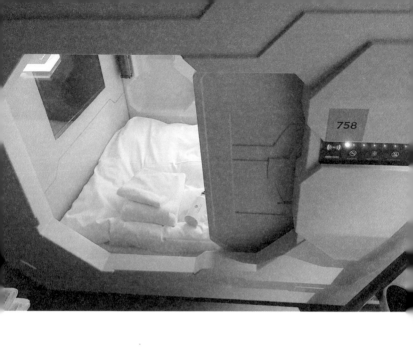

" 내게 필요한 건 주변 상황에 신경을
곤두세울 필요 없는, 외부와 단절된
나만의 공간이었다. "

게 씻고 캡슐침대에 누웠는데, 공간은 비좁지만 무척 아늑
했다. 심리적 안정감을 느끼는 건 공간의 크기와 상관이 없
었다. 남들이 무슨 말을 하든 어떤 행동을 하든 신경 쓸 필
요가 없는 곳, 아무도 나에게 간섭할 수 없는 곳에서 진정한
자유를 느꼈다. 침대에서 뒹굴거리며 나만의 우주선을 마음
껏 즐기다 뒤늦게 잠이 들었다.

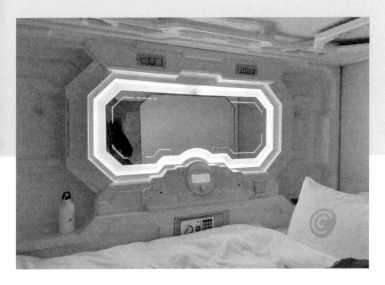

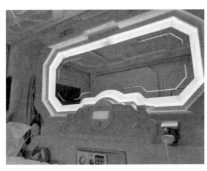

바이올린 할아버지와 소년

며칠 전 부다페스트에서 만난 M에게 류블랴나에 대해 물은 적이 있다. 그때 M은 눈을 동그랗게 뜨며 말했다.

"거리 공연을 하는 사람들도 많고 엄청 힙하던데요!"

인구가 30만 명 남짓 되는 아담한 도시가 힙하다고? 당시 대답을 들었을 때는 의아했는데, 류블랴나 구시가지에 들어서니 M이 한 말이 금세 이해가 됐다.

프레셰렌 광장에는 분홍 빛깔의 성당이 가운데 우뚝 서 있고, 그 앞에는 노래하는 사람, 악기를 연주하는 사람, 호루라기를 불며 춤추는 사람 등 가지각색의 공연자들이 모여 있다. 활기찬 광장을 구경하느라 눈이 바쁜 와중에 어디선가 들리는 바이올린 선율이 귀를 자극했다. 자석에 이끌린 듯 소리가 나는 곳을 따라 가보니 한 할아버지가 독특하게 생긴 바이올린을 켜고 있다. 할아버지의 현란한 손놀림에 바이올린은 감미로운 음색을 내며 관객들의 마음을 어루만졌다.

연주를 끝낸 할아버지는 오늘 공연을 다 마쳤는지 바이올린을 케이스에 넣었고, 이 모습을 본 관객들은 각기 제 갈 길을 갔다. 그런데 한 소년이 자리를 떠나지 않고 할아버지 주변을 서성거렸다. 자세히 보니 소년의 손에는 갈색 바이올린이 들려 있었다. 소년이 다가와 말을 걸자 할아버지는 케이스에서 바이올린을 다시 꺼내 이런저런 설명을 하기 시작했다. 바이올린의 '바' 자도 모르는 나지만, 조언을 구하는 멘티와 어떻게든 도움을 주려는 멘토의 모습이 훈훈해 계속 이들을 지켜봤다. 두 사람은 바이올린을 들고 한참 진지하게 대화를 나눈 뒤 웃으며 헤어졌다.

나와 같은 길을 걷는 사람이 있다는 건 그 자체만으로 든든한 일이다. 짙은 안개 속을 혼자 헤매는 것 같아도, 주위를 둘러보면 내 곁에는 많은 사람들이 함께하고 있다. 일에 대한 고민을 털어놓고 싶을 때, 이 길이 맞는 걸까 의구심이 들 때 이들의 깊은 공감과 위로는 큰 힘이 된다. 특히 나보다 오래 그 길을 걷고 있는 어른들의 응원과 지지는, 나에

대한 확신을 갖고 앞으로 계속 나아가게 만든다.

내가 좋아하는 선배들로부터 '할 수 있다'는 자신감을 얻는 것처럼, 나도 누군가에게 그런 용기를 주는 존재가 되고 싶다. 절망보다는 희망을, 눈앞의 현실보다는 또 다른 꿈을 이야기해줄 수 있는 사람이 되고 싶다.

적당한 거리

절벽 위에 솟은 블레드 성은 멋진 경치를 함께 보자며 손짓을 했다. 달콤한 손짓에 넘어간 나는 엄청난 계단을 마주하고 말았다. 높은 곳에 오르려면 역시 그만큼의 수고와 고통을 감내해야 했다. 계단에 발을 내딛고 차근차근 올라가다가 숨이 차면 잠시 쉬어 갔고, 그렇게 조금씩 앞으로 나아간 끝에 아득해 보였던 성에 다다랐다.

130m 높이의 절벽에서 아래를 내려다보니 블레드 섬이 눈에 들어왔다. 블레드 섬은 호수 한가운데 홀로 남겨져 신비한 자태를 뽐냈다. 에메랄드 호수 위 나룻배들은 섬을 향해 노를 저었고, 섬은 꼿꼿하게 서서 자신에게 구애하는 나룻배들을 바라봤다. 작은 몸집으로 전 세계의 물빛을 불러모으는 섬의 모습에서 고상한 위엄이 느껴진다.

블레드 섬 내부가 어떻게 생겼는지 궁금했지만, 배를 타고 안으로 들어가보지는 않았다. 나의 상상 속 블레드 섬은 동화 같은 곳인데, 실제 모습은 그게 아닐 수도 있으니까. 멀리서 섬을 바라보며 느끼는 신비감을 현실로 깨고 싶지

않아서 적당한 거리를 두기로 했다. 일상의 우울을 달래고 싶을 때 이따금씩 기분 좋은 상상을 하며 미소 짓곤 하는데, 블레드 섬은 그런 행복한 상상의 대상으로 남겨두었다.

나를 더 아프게 한 건

별다른 노력을 하지 않아도 건강은 늘 얻을 수 있는 것이었다. 고등학생 때 유행하던 신종플루는 알아서 나를 피해 갔고, 겨울마다 옷을 아무리 얇게 입어도 감기에 잘 걸리지 않았다. 그래서 여행 중 아픈 건 예상도 못한 일이었다.

몸이 이상 신호를 보낸 건 류블랴나에서 피란으로 가는 날 아침이었다. 눈을 떴는데 누구한테 두들겨 맞기라도 한 듯 온몸에 기운이 하나도 없었다. 숟가락을 들 힘조차 없어서 조식도 건너뛰고 누워있다가 피란행 버스 시간에 맞춰 몸을 일으켰다.

피란은 이탈리아의 베네치아를 닮아 '작은 베네치아'라 불리는 슬로베니아 항구 도시다. 로맨틱한 휴양지로 가는 버스 안은 설레는 얼굴을 한 사람들로 이미 가득 차 앉을 자리가 없다. 그 말인즉슨 2시간 20분 동안 서서 가야 한다는 뜻이었다. 마음 같아서는 앉은 사람 아무나 붙잡고 "몸이 너무 안 좋아서 그러는데 자리 양보해 주실 수 있나요?"라고 부탁하고 싶었지만 그럴 깡은 없으니 우선 버텨보기로 했다.

아픈 몸에 신경을 집중하지 않으려고 일부러 유튜브 영상을 틀었다. 버스가 출발하고 10분, 20분은 견딜 만했는데 1시간이 지나자 다리가 미칠 듯 저려 오면서 가슴이 탁 막혔다.

'기사님한테 내려 달라고 해야 하나? 여기가 어딘지도 모르는데 어떡하지?'

눈앞이 깜깜해진 그때 버스가 서서히 속력을 줄이더니 경유지에 정차했다. 몇몇 승객들의 하차로 빈 좌석이 생겨 의자에 엉덩이를 붙이자 비로소 숨통이 트였다.

우여곡절 끝에 도착한 피란은 '오느라 수고했다'며 아름다운 풍경을 선물했다. 아드리아해를 따라 늘어선 파스텔톤의 건물들과 새하얀 요트들은 그야말로 그림엽서 같았다. 몸이 안 좋아서 바로 숙소로 가려 했지만, 그냥 스쳐 지나가기에는 아쉬운 경관이라 거친 바닷바람을 맞으면서도 사연 있는 여자처럼 한참을 가만히 서 있었다. 바람에 흐른 짭짤한 눈물이 입술에 닿고 나서야 정신이 바짝 들어 숙소로 발길을 돌렸다.

숙소에 도착하자 이마가 뜨겁게 달아오르고 몸이 오슬오슬 떨렸다. 컨디션이 좋지 않은 상황에서 찬바람을 계속 쐐 몸에 무리가 온 듯했다. 근처에 약국이 있어서 약을 타다 먹었지만 상태는 나아지지 않았다. 아기자기한 해안마을의 풍경을 놔두고 침대에 누워 숙소 천장만 바라보고 있으니 억울하고 속상했다. 나중에는 누워 있는 것조차 힘들어서 '남은 일정을 다 포기하고 한국으로 돌아가야 하나'라는 생각까지 들었다. 일단 다음 날 아침에 귀국 여부를 결정하기로 하고 억지로 잠을 청했다.

편지

그립다고 써보니 차라리 말을 말자
그냥 긴 세월이 지났노라고만 쓰자
긴긴 사연을 줄줄이 이어
진정 못 잊는다는 말을 말고
어쩌다 생각이 났었노라고만 쓰자

그립다고 써보니 차라리 말을 말자
그냥 긴 세월이 지났노라고만 쓰자
긴긴 잠못 이루는 밤이면
행여 울었다는 말을 말고
가다가 그리울 때도 있었노라고만 쓰자

윤동주

파란색을 보면 작은 웅덩이 같은 내 마음도

당연하지만 당연하지 않은

분명 아파서 잠도 안 왔는데 눈을 떠보니 다음 날 오전 11시였다. 약을 먹고 푹 잔 덕분인지 컨디션이 70% 정도 회복돼 여행을 계속해도 되겠다는 판단이 들었다. 안도의 한숨을 내쉬며 숙소 거울 앞에 앉자 낯선 사람이 보인다. 눈이 통통 부어 있고 쌍꺼풀이 굵게 진, 생전 처음 마주하는 내 모습이었다. 어색하면서도 신기해서 거울을 뚫어지게 쳐다보다가 외출 준비를 하고 타르티니 광장으로 나갔다.

전날 나를 괴롭히던 세찬 바람은 어디로 숨어버리고 포근한 햇살이 얼굴을 내민다. 바깥에서 브런치를 즐기기 딱 좋은 날씨였다. 사람들이 모여 앉은 한 카페 야외 테이블에 자리를 잡고 기다리자 남자 직원이 생글생글 웃으며 다가와 인사를 건넸다.

"안녕!"

직원의 입에서 나온 말은 슬로베니아어도 영어도 아닌 한국어였다. 내가 한국인이라고 말한 적도 없는데 어떻게 한국 사람인지 눈치챈 걸까? tvN 드라마 '디어 마이 프렌즈'의 촬영지로 알려지면서 많은 한국 관광객들이 피란을 찾았다고 들었는데 정말 그런 모양이었다. 대화를 나누기도 전에 신상이 밝혀져 뭔가 발가벗겨진 느낌이었지만 그래도 기분은 좋았다.

"안녕하세요, 오믈렛 주세요."

"오케이! 오믈렛 맛있어, 굿!"

주방에 주문을 전달한 직원은 다시 내 테이블로 오더니 한국어로 말을 걸었다. 나는 그가 알아들을 수 있도록 천천히 또박또박 물음에 답했다.

"어디? 서울? 인천? 부산?"

"서울에서 왔어요."

"서울! 혼자?"

"네, 혼자 왔어요. 한국말 잘 하시네요!"

음식을 기다리는 동안 내가 심심할 것 같았는지 직원은 계속 질문을 던진다. 말하는 데 버퍼링이 걸려도 어떻게든 한국어로 이야기하려는 모습이 괜스레 고마웠다. 내가 주문한 오믈렛을 갖다 준 그는 피란에서 재미있게 놀다 가라고 말한 뒤 카페 안으로 들어갔다. 오믈렛 맛은 평범했지만 친절한 직원과 화창한 날씨, 아담하고 예쁜 광장의 분위기 덕에 특별한 식사였다.

배를 채웠으니 소화도 시킬 겸 성벽 전망대로 향했다. 광장 뒷골목의 언덕길을 따라 걸으면 걸을수록 건물들의 주황색 머리가 둥둥 떠오르고, 그 뒤로는 쪽빛 바다가 넘실거린다. 가파른 경사를 오르느라 숨이 턱턱 막혔지만, 전망대에 이르면 더욱 근사한 경치를 볼 수 있겠다는 생각에 힘이 절로 났다.

마침내 성벽 입구에 도착해 계단을 오르자 그림 같은 풍경이 눈앞에 펼쳐진다. 다정하게 달라붙은 주황 지붕들과 푸른 빛을 발하는 아드리아해, 그리고 맑은 하늘까지 한데 어울려 장관을 이뤘다. 성벽의 좁은 통로를 왔다 갔다 하며 조금씩 다른 각도에서 바라봤는데, 시선이 닿는 곳마다 아름다워서 연신 카메라 셔터를 눌렀다.

별 탈 없이 일정을 마치고 숙소로 돌아오자 가장 먼저

'감사하다'는 생각이 든다. 여행을 하면서 현지인과 교감하고 이국적인 풍광을 즐기는 건 그동안 내게 당연한 일이었다. 하지만 한바탕 아프고 나니 여행자로서 경험하게 되는 모든 것들이 감사하게 느껴진다. 익숙해져서 당연하다고 생각했던 것들이 사실은 당연하지 않았음을 잃고 나서야 깨닫는다.

생각의 틀

'웰컴 투 크로아티아!'

슬로베니아 피란에서 승합차를 타고 국경을 넘자 도로에 환영 간판이 보인다. 드디어 크로아티아에 왔구나! 대학생 때 tvN 예능 '꽃보다 누나'를 본 후 크로아티아는 줄곧 나의 로망 여행지였고, 그래서 그 어느 나라보다 일정을 길게 잡아 여러 도시에 방문할 계획을 세웠다.

크로아티아 도시 중 첫 번째로 찾은 곳은 로빈이다. 로빈은 '이스트라반도의 진주'라 불리는 작은 해안도시로, 약 500년간 베네치아 공화국의 통치를 받아 베네치아의 색채가 짙게 남은 지역이다. 크로아티아를 다녀온 친구들이 입을 모아 추천한 곳이라 로빈에 가까워질수록 기대감에 부풀었다. 하지만 로빈에 도착한 후 예기치 못한 난관에 봉착했다.

　내가 로빈에서 머물 숙소는 올드타운 안에 있는 아파트의 개인실이었다. 버스 터미널에서 숙소까지는 1km 거리였고 가는 길은 돌길이었다. 울퉁불퉁한 돌바닥에 캐리어가 뒤뚱거려도 개의치 않고 힘으로 끌고 가던 그때, 갑자기 캐리어가 덜컹하더니 좀처럼 움직이지 않았다. 무슨 일인가 살펴보니 바퀴 한 쪽이 갈라져서 완전히 박살나기 직전이었다. 어쩔 수 없이 캐리어를 번쩍 들어올려 이동했는데, 나중에는 팔이 너무 아파서 가다 쉬다를 반복했다.

　의도치 않은 팔 운동을 실컷 하고 나서야 숙소 앞에 다다랐다. 숙소의 앤티크한 갈색 대문이 매력적이었지만, 세월이 느껴지는 외관을 보면서 걱정이 앞서기도 했다.

'관리가 제대로 되고 있는 걸까? 지어진 지 오래돼서 내부가 지저분하거나 허름하진 않을까?'

어찌됐든 빨리 숙소에 들어가 쉬고 싶어서 초인종을 눌렀는데, 한참을 기다려도 응답하는 사람은 없었다. 다시 초인종을 눌러봤지만 시간이 지나도 무거운 침묵만 흘렀다. 그러자 옆에서 지켜보던 한 아주머니가 구세주처럼 등장했다.

"내가 집주인한테 전화해 볼게요."

"아, 감사합니다!"

몇 분 뒤, 연락을 받은 집주인이 숙소에서 헐레벌떡 나왔다. 어머니 또래로 보이는 중년 여성이었다.

"어머, 죄송해요. 초인종 소리를 못 들었어요."

"괜찮습니다."

"짐은 저한테 주세요."

집주인은 내 캐리어를 들고 숙소 안에 있는 높은 계단을 오르기 시작했다.

"괜찮아요, 제가 들게요!"

가쁜 숨을 몰아쉬는 집주인에게 캐리어를 달라고 했지만, 집주인은 끙끙거리면서도 끝까지 내 캐리어를 챙겼다. 내가 묵는 방에 도착해서야 집주인은 캐리어를 돌려주었다.

"지내면서 필요한 거 생기면 언제든 말씀해주세요."

"감사합니다."

숙소 내부는 화이트 톤의 인테리어로, 걱정했던 것과 달리 무척 깔끔했다. 낡은 외관을 보지 않았다면 신축 건물이라고 해도 믿을 만큼 관리가 잘 되어 있었다. 특히 숙소 곳곳에서 손님을 생각하는 집주인의 정성과 애정이 느껴졌다. 테이블 위에는 로빈 여행 지도와 각종 할인 쿠폰이 구비돼 있었고, 바구니에는 귤, 사과, 바나나 등 웰컴 과일이 가득 채워져 있었다.

호불호가 분명한 나는 무엇이든 섣불리 판단하는 습관이 있다. 어떤 사람을 더 경험해 보기도 전에 '나와 안 맞는구나'라고 단정짓고, 일찍이 마음의 문을 닫아버린다. 내가 본 건 그 사람의 단면에 불과할 텐데. 편견을 갖고 상대를 오해하는 것일 수도 있는데 말이다.

로빈 숙소 주인도 처음에는 손님의 초인종 소리조차 신경 쓰지 않는 무심한 사람이라고 생각했다. 그러나 알고 보니 그녀는 누구보다도 손님을 세심하게 생각하고 살피는 분이었다. 편견을 버리고 열린 마음으로 세상을 바라봐야 한다는 것을 여행을 통해 배운다. 어쩌면 열린 마음으로 세상을 바라보고 싶어서 여행을 다니는지도 모르겠다.

여행은 새로운 자극의 연속이며, 그 자극들은 고정된 생각의 틀을 깨부순다. 그동안 익숙했던 삶의 방식이 유일한 삶의 방식이 아닐 수도 있다는 깨달음은 삶에 큰 변화를 가져온다. 편협한 시각 때문에 놓쳤을지도 모르는 기회를 잡게 될 수도 있고, 유연한 사고와 넉넉한 마음으로 새로운 기회를 만들어 낼 수도 있다. 여러모로 여행은 참 유익하다.

3부

혼자,
또 같이

비록 혼자라도

'현지 예술가들을 지지해 주셔서 감사합니다.'

로빈 골목을 지나다 보면 심심치 않게 볼 수 있는 문구다. 로빈은 정부가 낮은 임대료 정책을 시행해 무명 화가들이 모여 살던 동네다. 지금도 많은 예술가들이 활동하고 있으며, 이들의 작품을 전시하고 판매하는 작은 갤러리들이 골목마다 자리잡고 있다.

　'예술가 마을' 로빈은 골목 자체가 하나의 예술 작품이기
도 했다. 오랜 세월을 품은 건물들이 다양한 색의 옷을 입고
다닥다닥 붙어 있었는데, 어디서 어떻게 사진을 찍어도 빈
티지한 감성의 화보가 완성됐다. 건물들 사이에 널린 빨래
마저도 준비된 촬영 소품으로 느껴질 만큼 예뻐 보였다. 그
림에 소질은 없지만 당장 스케치북을 꺼내 눈에 보이는 것
들을 색연필로 쓱쓱 그리고 싶은 심정이었다.

'예쁜 애 옆에 예쁜 애'라는 말처럼, 골목 모퉁이를 돌 때마다 거짓말처럼 예쁜 풍경이 모습을 드러낸다. 촘촘하게 얽힌 골목을 빠져나와서도 마찬가지였다. 코발트빛 바다 위에 떠오른 수십 척의 흰 요트와 색색의 건물들은 또 다른 포토존을 조성했다. 혼자 여행하는 것을 즐기는 편이지만, 이렇게 멋진 장면과 벅차오르는 감정을 그 누구와도 공유하지 못할 때는 '내가 좋아하는 사람들과 같이 왔으면 어땠을까' 아쉬움이 남곤 한다.

해안가에는 바다 전망의 레스토랑들이 쭉 늘어서 있었다. 로빈은 지리적으로 가까운 이탈리아의 영향을 받아 맛있는 음식이 많기로 유명하다. 나는 사전에 알아본 맛집을 찾아갔는데, 이른 저녁 시간임에도 불구하고 레스토랑은 손님들로 북적였다. 고개를 두리번거리며 빈 테이블이 있는지 살펴보자 한 여자 직원이 다가왔다.

"죄송해요. 지금은 예약이 꽉 차서 자리가 없어요."

"알겠습니다."

다녀간 손님들의 후기가 하나같이 좋은 곳이라 기대를 잔뜩 했는데 만석이라니. 실망감을 안고 레스토랑을 나가려는 순간 남자 직원이 말을 걸었다.

"혹시 혼자 오셨어요?"

"네."

"아, 한 명이 앉을 수 있는 자리는 있는데 바로 안내해드
릴게요."

"진짜요? 감사합니다!"

남자 직원이 안내한 곳은 바다가 정면에 보이는 바 테이
블이었다. 싱싱한 해산물이 올라간 스파게티에 바다가 담
긴 화이트 와인을 곁들이니 입안이 춤추듯 즐겁다. 햇빛 가
림막에 걸쳐 있던 노란 태양은 빨갛게 불타오르다가 바다에
녹아 스러졌는데, 맛있는 음식과 함께 시시각각으로 변하는
자연을 만끽할 수 있어서 눈 또한 즐거웠다. 이런 낭만적인
분위기에서 식사할 수 있는 기회가 주어지다니. 몇 시간 전
만 해도 혼자여서 아쉬웠지만, 지금은 혼자라서 행복했다.

여행에는 다양한 형태가 존재하며 각각의 여행마다 다른
매력이 있다. 혼자 여행을 하면 내가 원하는 대로 자유롭게
다닐 수 있고, 전 세계 여행자들과 어울리면서 새로운 친구
를 사귈 수도 있다. 여러 상황들을 홀로 헤쳐 나가면서 값진
경험을 얻게 된다. 반면에 누군가와 함께 여행을 하면 평생
안줏거리가 될 추억을 쌓게 된다. 여행지에서 보았던 절경,

나눴던 대화, 느꼈던 감정들을 곱씹으면서 서로의 기억 조
각을 맞춰가는 행위는 일상 속 오아시스와 같다.

어떤 형태의 여행이 더 좋고 대단한 것이라고 말할 수는
없다. 그보다 중요한 건, 낯선 곳에 대한 두려움을 극복하고
더 넓은 세상으로 나아갈 용기를 내어 멀리 떠나왔다는 것
아닐까. 여행을 결심하고 그 결심을 실행에 옮기면 언제나
선물이 찾아왔다. 지금도 나를 기다리고 있을 선물들을 풀
어 보기 위해 난 또 여행을 갈 것이다.

감정의 소용돌이 속으로

'영화 촬영 현장인 줄 알았는데 카메라가 없네?'

로빈 항구 주변을 걷다가 발견한 멀티미디어 센터. 그 앞에서는 난데없는 댄스 파티가 열리고 있었다. 10쌍 넘는 커플들이 고즈넉한 바다를 무대로 춤을 추는 광경은 영화의 한 장면 같았지만 놀랍게도 '실화'였다.

음악이 바뀌고 '베사메 무초'가 흘러나오자 분위기는 절정에 이른다. 중년 남녀는 물론 젊은 동성 커플도 노래를 따라 부르면서 파트너의 손을 맞잡고 하나둘 스텝을 밟는다. 둘만의 세계에 빠진 이들에게 타인의 시선은 전혀 중요하지 않았다. 춤을 잘 추든 못 추든 그저 서로에게 몸을 맡기고 호흡을 주고받는다.

바다, 음악, 그리고 사랑하는 사람. 겹겹이 쌓인 아름다움 속에서 사람들은 달콤한 표정을 지었다. 서로를 바라보는 눈에는 꿀이 뚝뚝 떨어지고, 입가에는 다정한 미소가 한없이 퍼진다. 나의 시선은 그들의 표정에 한참을 머무른다. 내 얼굴에 저런 황홀함이 묻어난 건 언제였더라. 생각해 보니 까마득하다.

누군가를 좋아하는 것을 넘어 사랑한다는 건 참 어려운 일이다. '사랑'이라는 감정을 처음이자 마지막으로 느껴본 건 어언 10여 년 전이다. 당시 내 기분은 상대방의 말과 행동 하나하나에 따라 롤러코스터를 탔다. 상대와 관계가 좋을 때는 세상을 다 가진 것처럼 기쁘다가도, 관계가 소원해지면 세상을 다 잃은 것처럼 절망스러웠다. 덕분에 천당과 지옥을 몇 시간 단위로 맛보는 진귀한 경험을 했다.

어떤 때는 나도 몰랐던 내 모습이 툭 튀어나왔다. 내가 이렇게까지 다른 사람을 위해 노력할 수 있는 사람인지, 이렇게까지 질투심이 많고 감정을 주체하지 못하는 사람인지 처음 알게 됐다. 안온했던 나의 삶을 태풍처럼 뒤흔드는 상대방이 밉기도 했지만, 새로운 나를 발견해 주고 여태껏 느끼지 못했던 행복감을 안겨줘서 고마운 마음이 더 컸다. 그

사람과 함께 있으면 내가 정말 특별한 사람이 된 것 같은 착각도 들었으니까. 서로를 밝혀주던 '그날에 우리'는 언제부터인가 서서히 바래지고 바래져 빛을 잃고 말았다.

어느덧 10여 년이 흐르면서 당시의 감정은 허공으로 사라지고 기억만 희미하게 남았다. 인간으로서 느낄 수 있는 감정은 다 느끼면서 살고 싶은데, 그 사람이 없는 지금 내가 품을 수 있는 감정은 일부에 한정되어 있다. 어쩌면 인생에서 정말 커다란 부분을 놓치고 살고 있다는 생각이 든다. 비록 마음이 다치고 상할지라도 감정의 소용돌이 속으로 다시 들어가보고 싶은 이유다.

세찬 소용돌이에 휘말리더라도 기꺼이 내 손을 잡고 그 안에서 춤을 추겠다는 사람이 나타날까. 그런 경이롭고 위대한 경험을 죽기 전에 한 번 더 할 수 있을까. 어느새 깜깜해진 로빈 바다를 바라보며 버스커버스커의 '여수 밤바다'를 듣는다. 천 번은 넘게 들었던 노래인데, 그래서 이미 다 아는 가사인데, 유독 '너와 함께 걷고 싶다'라는 노랫말이 귓가에서 떠나지 않는다.

이 길에도 분명 끝은 있겠지

요정이 살 것만 같은 신비한 숲에서 싸늘한 공포감을 느꼈다. 크로아티아 최초의 국립공원 플리트비체에서 있었던 일이다.

플리트비체 국립공원은 울창한 숲과 16개의 호수, 90여 개의 폭포가 어우러진 곳이다. 대자연이 선사하는 신비로움 때문에 '요정의 숲'이라 불리며 영화 '아바타'의 배경이 되기도 했다. 공원은 서울 면적의 절반에 달하는 크기를 자랑한다. 규모가 어마어마한 만큼 탐방로도 2시간 코스부터 8시간 코스까지 다양한데, 나는 3~4시간이 소요되는 B코스를 선택했다.

오전 11시쯤 공원 입구에 들어서자 고장 난 수도꼭지처럼 폭포에서 엄청난 물줄기가 쏟아져 내린다. 폭포는 우렁찬 소리를 내며 여러 갈래의 흰 수염을 길게 늘어뜨렸다. 조금 더 걷다 보니 청록색 물감을 들인 호수와 그 위를 유유히 떠다니는 청둥오리가 보인다. 어디선가 숨어 있는 요정이 '짜잔'하고 나타날 것 같아 발걸음을 멈춰 세웠지만, 끝내 요정은 모습을 드러내지 않았다.

신비한 호수를 지나 우거진 숲으로 들어가자, 정신은 맑아지고 발길은 가벼워진다. 무성한 나무들 사이로 보이는 작은 호수와 폭포는 눈과 귀를 시원하게 만들었다. 몸은 물론 마음에 뚫린 구멍에도 바람이 솔솔 채워지는 기분이다. 한가로이 숲길을 거닐다 P3 선착장에 도착해 보트에 올라탔다. 배가 물살을 가르며 앞으로 나아갈 때마다 하얀 구름과 울긋불긋 물든 나뭇잎이 반갑게 손을 흔든다.

곧이어 내린 곳은 P2 선착장. 내가 선택한 B코스로 가려면 또 한 번 보트를 타고 P1 선착장으로 이동해야 했다. 하지만 P2 선착장 근처 길이 예뻐서 그냥 지나치기엔 아쉬움이 남았다. 표지판을 보니 내가 반한 길은 C코스로 연결되는 길이었다.

'그래, 잠깐만 C코스를 둘러보고 다시 선착장으로 돌아오자!'

무엇에 홀린 듯 들어선 C코스는 나를 실망시키지 않았다. 물에 발을 담그면 온몸이 푸르게 변할 것 같은 옥색 빛깔의 호수, 절벽 아래로 세차게 물줄기를 뿜는 큰 폭포는 머리를 한결 개운하게 만들었다. 절경에 빠져들어 '조금만 더 가보자'를 반복하니 선착장은 아득히 멀어져 간다. 돌아가기엔 이미 너무 많이 와버렸다. 하는 수 없이 C코스를 계속 따라가서 탐방을 끝내기로 한다.

휴대폰을 확인하니 시간은 벌써 오후 3시. 이제 슬슬 출구가 보일 법도 한데 길은 자꾸 숲속으로 들어간다. 힘들어서 잠시 쉬었더니 그 많던 사람들은 사라지고 숲에 혼자 남겨졌다. 그때부터 플리트비체는 한 편의 몽환에서 미스터리 스릴러로 장르가 바뀌었다. 녹음이 짙은 숲길을 지나 험준한 산길을 마주했을 때는 공포가 극에 달했다. 해가 져서 어두워지기 전에 산속을 빠져 나가야 하는데 도무지 끝이 보이지 않았다. 주변은 인기척 하나 없이 썰렁하고 괴괴하다.

'내가 지금 맞는 길을 가고 있는 걸까? 이 길에 끝이 있긴 한 걸까?'

'야생 동물이나 다른 사람이 갑자기 나타나서 나를 해치면 어떡하지?'

무섭고 답답한 상황에서 내가 할 수 있는 건 그저 길을 따라 걷는 것뿐이었다. 온갖 걱정에 마음은 어지러웠지만 일단 발걸음을 떼고 앞만 보고 걸었다. 그렇게 1시간이 흘렀을까. 녹초가 되어 드러눕고 싶을 때쯤 사방이 훤히 트인 평지와 버스 정류장이 나왔다. 마침내 C코스가 끝나 공원 출구로 나갈 수 있게 된 것이다. 가슴을 옥죄던 두려움이 안도감에 잠겨 사라지자 비로소 플리트비체의 맑은 기운이 다시 느껴진다.

인생을 살다 보면 낯선 길 위에 놓이거나 큰 장애물을 만날 때가 있다. 겁이 많은 나는 그럴 때마다 불안과 공포 속에 떨곤 했다. 모르는 길을 가다가 혹은 장애물을 넘다가 크게 다칠까 봐. 그렇게 고생했는데도 원하는 목적지에 도달하지 못할까 봐. 눈앞에 놓인 상황을 정면 돌파하지 못하고 뒤로 물러나거나 제자리에 주저앉았다. 두려움에 사로잡혀 나의 세계를 확장할 기회를 날려버리고, 더 이상의 발전 없이 정체된 삶을 살았던 셈이다.

이러한 나에게 플리트비체는 '어떤 시련이 닥쳐도 굴하지 않고 앞으로 조금씩 나아가면 기어코 원하는 곳에 이를 수 있다'는 교훈을 남겼다. 앞길이 막막해 어깨가 움츠러들어도 '이 길에는 분명 끝이 있다'는 희망을 갖고 한 발 한 발 옮긴다면, 장애물을 넘어서 그 뒤에 감춰진 또 다른 세계를 만날 수 있다는 믿음을 안겨줬다.

앞으로도 내 삶은 수많은 굴곡을 그리겠지만, 어떤 상황에 처하든 나는 개의치 않고 그 안에서 내가 할 수 있는 일을 찾아 몸을 움직일 것이다. 아무리 불안하고 초조해도 내가 낼 수 있는 가장 작은 발걸음이라도 내디뎌 보고, 그 걸음을 꾸준하게 이어 나갈 것이다. 발을 딛는 곳의 풍경을 눈에 담으면서, 다가올 변화의 날을 기대하면서 말이다.

새로운 길

내를 건너서 숲으로
고개를 넘어서 마을로

어제도 가고 오늘도 갈
나의 새로운 길

민들레가 피고 까치가 날고
아가씨가 지나고 바람이 일고

나의 길은 언제나 새로운 길
오늘도… 내일도…

길을 건너서
숲으로 고개를 넘어서 마을로

윤동주

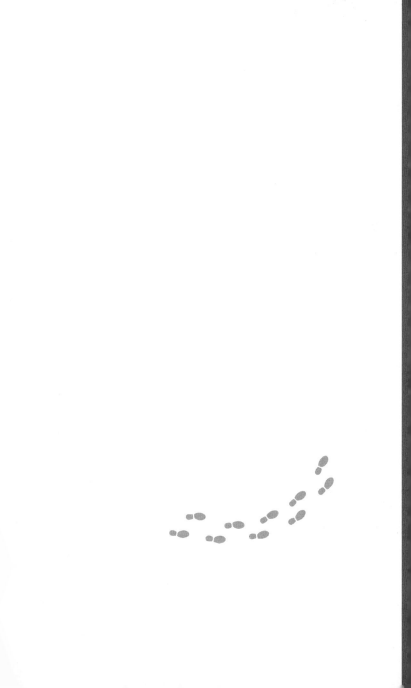

특별한 무언가가 되지 못해도

바다의 노래, 태양의 인사

　매년 1월 1일이면 해맞이를 하러 바다에 간다. 나에게 일출 감상은 소원 성취를 목적으로 행하는 하나의 의식이며, 평소보다 일찍 기상해야 한다는 압박감과 피곤함을 동반한다. 혹여나 해가 뜨진 않았을까 노심초사하면서 많은 사람들을 헤집고 자리를 잡는 수고도 감수해야 하니 그리 달가운 일은 아니다.

　일출을 보는 건 일종의 의무감에서 비롯되지만, 일몰을 보는 건 온전히 나의 선택에서 비롯된다. 새로 돋아나는 것에는 바랄 게 많아도 사라지는 것에는 크게 바랄 게 없으니까. 마음을 비우고 멋진 일몰을 감상하고 싶을 때 자유로이 바다에 간다. 붉은 석양이 푸른 하늘에 손을 내밀고, 그 모습을 비추던 바다가 이들을 하나로 모으는 '해넘이'라는 드라마. 이 드라마는 짧은 시간에 로맨틱한 장면을 여럿 탄생시켜 한시도 눈을 뗄 수 없게 만든다. 차츰 진해지다가 결국 스러지는 석양은, 열정을 불태우다 지쳐 가라앉는 현실 속 나와 닮아서 애정이 가곤 한다.

크로아티아 일몰 명소라고 해서 찾아간 자다르는 3,000년 역사를 지닌 항구 도시로 과거와 현재가 공존하는 곳이었다. 신시가지에 위치한 숙소에서 다리 하나만 건너면 구시가지로 이동할 수 있는데, 불과 2분 사이에 수천 년의 세월을 거슬러 올라갈 수 있다는 사실이 흥미로웠다. 구시가지는 고대 로마와 중세 시대 유적이 모여 있어 역사 박물관이나 다름이 없었다. 그중 눈에 띄었던 유적은 로만 포룸. 로마 시대 광장이던 로만 포룸은 6세기 대지진과 제2차 세계대전으로 인해 건물터에 잔해만 남은 상태였다. 한때는 웅장한 광장이었으나 지금은 황폐해진 이곳을 거닐면서 냉엄한 역사의 흔적을 더듬었다.

로만 포룸을 지나자 쉼 없이 파도를 밀어내는 바다가 보인다. 유구한 세월 속에 갖은 풍상을 겪었어도 바다의 얼굴엔 여전히 생기가 돌았다. 이런 바다의 모습이 강직해 보였을까. 일몰을 보러 온 사람들은 바다를 응시하며 저마다의

고민을 털어놓는다. 수많은 사연을 품은 바다는 노을의 주황빛을 자기 몸에 얹으며 위로의 물결을 일렁였다. 물결을 일으킨 바다는 곧 사람들이 모여 앉은 '바다 오르간' 계단에서 연주를 시작한다.

"뿌우~뿌~삐~뿌"

파도가 드나들 때마다 계단 아래 내장된 35개의 파이프를 통해 각기 다른 음이 흘러 나왔다. 어딘가 묵직하면서도 은은한 자연의 선율을 계속 듣고 있으니 현실 너머 초월적 세계로 빠져드는 기분이다. 오로지 나와 자연만 존재하는 어떤 세계로 들어가는 느낌. 신비롭고 황홀했다.

바다 오르간 옆에서는 화려한 LED 조명 쇼가 펼쳐졌다. 지름 22m의 원형 광장에 내장된 전지판 300개가 낮 동안 태양열 에너지를 저장한 뒤 밤에 형형색색의 빛을 뿜내는 일명 '태양의 인사'였다. 해가 저물자 사람들은 태양의 인사 주변을 동그랗게 감쌌고, LED 조명은 현란하게 춤추면서 암흑 속에 잠긴 사람들을 밝혔다. 어둠이 짙어질수록 불빛은 더욱 반짝이며 사람들에게 희망의 빛을 선사한다.

바다 오르간의 은은한 울림과 태양의 오색찬란한 인사. 감각적인 자연의 몸짓은 나의 오감을 깨웠고, 시들었던 마음에 파릇파릇 새싹이 돋게 했다. 어느 바다를 가든 일몰 무렵의 풍경은 비슷하지만, 자다르의 일몰이 그 어떤 곳보다 특별하게 기억되는 이유다.

옥탑방에서

크로아티아 제2의 도시이자 최대 항구 도시인 스플리트에 도착했다. 버스에서 내려 마주한 풍경은 동서울 터미널과 다를 바 없었는데, 몇 발자국 걸으니 드넓은 바다가 펼쳐지고 그 위로 배들이 떠다닌다. 해안 산책로를 따라 늘어선 무성한 야자수와 새하얀 벤치, 맞은편에 길게 뻗은 노천 카페와 레스토랑은 이국적인 정취를 자아냈다. 스플리트 땅을 밟은 지 얼마 안 됐지만, 왜 이곳이 '로마 황제의 휴양지'인지 어렴풋이 알 것 같다.

로마 황제 디오클레티아누스는 은퇴 후 여생을 보낼 곳으로 스플리트를 선택하고 295년부터 스플리트에 궁전을 짓기 시작했다고 한다. 305년에 완공된 디오클레티아누스 궁전은 이제 스플리트를 대표하는 고대 유적이 되어 관광객들의 발걸음을 모으고 있다. 과거에는 황제의 별장이었지만 현재는 상점, 주거지, 레스토랑 등이 모여 시민들의 삶의 터전으로 자리매김했다는 사실이 흥미롭다.

디오클레티아누스 궁전은 한눈에 봐도 건물이 견뎌온 세월의 무게가 느껴졌다. 외벽이며 천장이며 모두 색이 바랬고 균열, 부식 등 훼손도 심각한 상태였다. 이루 헤아릴 수 없는 시간을 담은 흔적들을 곱씹으니 과거의 세상과 연결되는 기분이다. 열주 광장에서 로마 병사 복장을 한 청년들은 그 시대 사람들의 삶을 머릿속에 그려보게 만든다. 내가 가보지 못한 세계를 상상으로 채워가는 건 언제나 들뜨고 설레는 일이다.

궁전을 지나 미로 같은 골목을 빠져나오자 에어비앤비 숙소의 외관이 보였다. 짐을 풀어야 할 곳은 5층 옥탑방이었는데 우선 4층에 가서 호스트를 만났다.
"안녕하세요, 체크인하러 왔습니다."
"오느라 고생 많았어요. 절 따라오세요."

4~50대 여성으로 보이는 호스트 제레나는 환한 미소를 띠며 건물 옥상인 5층으로 나를 안내했다. 제레나가 옥상

문을 열자 테이크아웃 카페만한 크기의 테라스가 모습을 드러낸다. 테라스 안에는 줄지어 선 화분들이 초록 잎을 흔들고 있고, 테라스 밖에는 파란 하늘 아래 널린 주황 지붕들이 바다를 머리에 받들고 있다. 내가 잘 곳은 테라스 옆 작은 원룸이었는데, 대문 대신 투명한 폴딩도어가 설치돼 있어 방 안에서도 구시가지 전경을 파노라마로 즐길 수 있었다.

"우와, 여기 너무 예쁜데요?"

"그렇죠? 혼자 다 쓰는 공간이니까 편하게 사용하면 돼요. 혹시나 필요한 게 생기면 언제든지 연락 줘요."

"네, 감사합니다!"

나는 어릴 때부터 옥탑방에 대한 로망이 있었다. 옥상에 나만의 정원을 가꾸고, 탁 트인 전망을 바라보며 커피 한 잔의 여유를 즐기고, 친구들을 불러 바비큐 파티를 하고, 평상에 누워 밤하늘의 별을 세는 그런 낭만적인 삶을 꿈꿨다. 그 옥탑방의 낭만을 로마 황제의 휴양지에서 누리게 되다니. 예상은 못했지만 오히려 좋았다.

스플리트에서 낭만은 일상으로부터 흘러나왔다. 평소에는 요란한 휴대폰 알람에 기상했지만, 스플리트 옥탑방에서는 바로 앞 대성당 종탑에서 울려 퍼지는 성스러운 종소리

에 아침 눈을 떴다. 비몽사몽한 상태에서 맑은 종소리를 여러 번 들으면 정신도 차츰 맑아져 하루를 경건하게 시작할 수 있었다. 침대에서 일어나면 테라스로 나가 예쁜 화분과 수천 년의 역사가 숨쉬는 바다 마을을 보며 여유롭게 커피를 마셨다. 고즈넉한 마을에 진한 커피 향을 입히고 내 몸을 따스하게 적시면 기분이 상쾌했다. 토스트를 구울 땐 구수한 빵 냄새가 진동했는데, 달콤한 풍경 탓인지 잼도 안 바른 토스트가 다섯 개나 연속으로 입에 들어갔다.

느릿느릿 항해하던 크루즈가 오른쪽 건물 뒤로 숨어 버리면 마을에는 서서히 어둠이 찾아왔다. 오렌지 불빛으로 물든 거리에 우뚝 솟은 종탑만 유난히 하얗게 빛이 났는데, 그 숭고한 위용에서 오래된 마을을 지키는 수호신의 기운이 감돌았다. 종탑 너머 밤바다에는 잔잔한 불빛이 흐르고 밤하늘에는 노란 별들이 쏟아진다. 감미로운 야경 한가운데서 들이켠 맥주는 부드럽게 목을 타고 넘어가 입안 가득 청량함을 퍼뜨렸다.

스플리트 옥탑방에서의 경험은 여행 숙소에 대한 생각을 크게 바꿔 놓았다. 그동안 나는 현지인이 운영하는 숙소보다 깨끗하고 모던한 호텔을 선호했다. 호텔은 형태가 정형

화되어 있어서 어느 정도 예측이 가능하지만, 현지인 숙소
는 숙소 상태나 주변 환경 등을 예측하기 어려워 최악의 상
황까지 염두에 두어야 했기 때문이다.

그러나 스플리트 옥탑방을 계기로 여행객을 위해 만들어
진 호텔보다 그곳에 사는 사람들의 공간에 더욱 관심을 갖
게 됐다. 현지인의 삶과 꿈이 깃든 곳에서 일상을 지내며 그
지역에 풍경처럼 스며드는 것 또한 여행을 만끽하는 하나의
방법이니까. 외부인인 내가 현지에 정착해서 사는 기분을
느끼게 해주는 공간은 소박하더라도 좋은 숙소가 될 수 있
고, 그런 숙소에 머물렀던 여행은 기억에도 오래 남는다는
사실을 깨달았다.

그럼에도 불구하고 살아야겠다

스플리트에서 배를 타고 한 시간 정도 가면 '흐바르'라는 섬마을이 나온다. 베네치아 공화국의 지배를 받던 시기에 지어진 성과 건물들이 남아있어 풍경이 아름답기로 소문난 섬이다. 흐바르에 다녀오면 스플리트를 잠시 떠난 아쉬움보다 새로운 보물을 발견한 만족감이 더 클 것이라 확신했던 나는 페리에 몸을 싣고 흐바르로 향했다.

흐바르 거리를 걸으니 섬마을의 고즈넉한 분위기가 느껴진다. 곳곳에 심어진 야자수와 맑고 투명한 바다, 온화한 날씨에 휴양지의 감성이 담겨 있다. 벤치에 느긋하게 앉아 자연을 눈에 담으며 마음을 넉넉히 채운 뒤, 레스토랑에서 참치 스테이크에 화이트 와인을 곁들여 먹으며 배까지 든든히 채운다.

흐바르에서 유일한 목적지는 스페인 요새였다. 1500년대 스페인 원정대가 오스만 제국과의 전쟁에 대비해 만든 요새로, 흐바르에서 가장 높은 곳에 위치해 전망대 역할도 겸하는 곳이다. 골목 상점의 간판과 화단을 이정표 삼아 돌계단을 하염없이 오르니 하늘이 환히 열리고 스페인 요새 입구가 나타났다. 지그재그 모양의 길을 따라 요새 안으로 들어가자 발 아래로 흐바르의 전경이 내려다보인다. 은빛 물결이 일렁이는 쪽빛 바다와 주황색 지붕으로 채워진 마을이 퍼즐 조각처럼 서로 살을 맞대고 있다. 우두커니 서서 섬마을의 달콤한 경치를 음미하니 혼잣말이 새어 나왔다.

"세상은 참 넓고 아름답구나."

불과 몇 시간 전만 해도 우리나라 연예인의 자살 소식을 접하고 '사는 게 허망하다'고 생각하던 나였다. 고인이 살아생전에 얼마나 큰 고통을 겪었는지 감히 내가 헤아릴 순 없지만, 나 역시도 세상에서 사라지고 싶은 때가 있었기에 남의 일처럼 느껴지지 않고 마음이 무거웠다. 일과 사람 때문에 받는 심리적 압박이 너무 괴로워서, 목표한 바를 이뤘지만 여전히 현실은 냉혹해서. 더 이상 사는 것이 의미 없다고 판단했던 순간들을 떠올리며 상념에 잠겨 있었다.

그러나 흐바르 요새에 올라 비경을 보면서 느낀다. 내가 경험한 세계는 일부에 불과할 뿐이라고. 생각보다 세상은 넓고 아름다워서, 죽지 않고 살아 남아 탐험할 만한 가치가 있다고. 모래밭에 깊이 파묻혀 있느라 보지 못했던 바다를 발견하고 온몸으로 느끼는 것. 그것만으로도 삶에 의미를 부여할 수 있을 것 같다.

영화 '앙: 단팥 인생 이야기'에 나오는 대사가 문득 생각난다. 한센병에 걸린 도쿠에 할머니가 팍팍한 현실에 치여 사는 단팥방 가게 주인 센타로에게 건네는 말이다.

"우리는 이 세상을 보기 위해서, 세상을 듣기 위해서 태어났어. 그러므로 특별한 무언가가 되지 못해도 우리 각자는 살아갈 의미가 있는 존재야."

아직 내가 밟지 못한 땅과 보지 못한 바다, 듣지 못한 자연의 속삭임을 동경하며 '생'에 대한 의지를 다진다. 숨이 붙어 있는 한은 계속 살아야겠다고.

바람이 불어

바람이 어디로부터 불어와
어디로 불려 가는 것일까

바람이 부는데
내 괴로움에는 이유가 없다

내 괴로움에 이유가 없을까

단 한 여자를 사랑한 일도 없다
시대를 슬퍼한 일도 없다

바람이 자꾸 부는데
내 발이 반석 위에 섰다

강물이 자꾸 흐르는데
내 발이 언덕 위에 섰다

윤동주

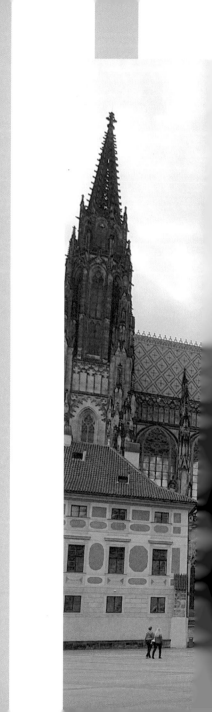

내가 경험한 세계는 일부일 뿐

천천히 꼭꼭 씹기

여행을 하다 보면 유독 마음에 꽂히는 풍경이 있다. 지금 내 눈에 보이는 그대로 액자에 담고 싶은 풍경. 카메라 셔터를 쉴 새 없이 누르게 되는 풍경. 그런 풍경을 멍하니 바라보면 시간이 멈춘 듯한 기분이 들고 마음이 차분해진다. 한참을 우두커니 서 있으면 다리가 아파오지만 웬만해선 아랑곳하지 않는다. 다리의 통증보다 눈과 마음의 정화가 우선이다. 기억 속에 풍경이 각인돼서 눈을 감아도 쓱쓱 그려질 정도가 되면 비로소 발길을 돌린다.

두브로브니크 여행의 하이라이트로 꼽히는 성벽투어는 주황색 지붕의 마을을 감싸고 있는 성벽을 걸으며 구시가지 전경과 아드리아해를 눈에 담는 코스다. 인터넷에 떠도는 성벽투어 사진을 보고 나는 직감했다. 내가 성벽투어를 하면 수려한 경관에 홀려 하루종일 성벽에 머물겠구나. 일반적으로 성벽 한 바퀴를 도는 데 2시간 정도가 걸린다지만, 나한테는 턱 없이 부족한 시간이겠구나. 그래서 성벽투어를 하는 날 다른 일정을 잡지 않기로 했다. 시간에 쫓겨 마음이 불안하면 예쁜 것도 흐트러져 보이니까. 아름다운 건 되도록 오래 보는 게 좋으니까.

성벽에 오른 나는 시계 반대 방향으로 돌며 눈앞에 펼쳐진 절경을 천천히 꼭꼭 씹었다. 씹을수록 맛이 조금씩 다르게 느껴지는 음식처럼, 풍경도 처음 눈에 들어오는 것과 나중에 눈에 들어오는 것이 조금 다르다. 처음에는 컬러 점토로 조물조물 만든 것 같은 구시가지의 아기자기함이 눈길을 끌었는데, 계속 보니 포카리스웨트와 파워에이드를 섞어놓은 듯한 청량한 바다가 시선을 사로잡는다.

정체된 도로 위의 차량처럼 가다 서다를 반복하며 가슴에 번지는 풍경을 하나씩 주워 담았다. 잠시 멈춰 설 때마다 마음 둘 곳이 생기는 게 좋다. '느림의 미학'이라는 게 이런 걸까. 그렇다면 일상에서도 조금 느리게 살고 싶다는 생각이 든다.

외고 입시부터 대학 입시, 그리고 취업까지. 그동안 나는 왜 뛰어야 하는지도 모른 채 무작정 앞만 보고 달려왔다. 그저 뒤처지면 안 된다는 두려움 때문에 남들이 뛰면 덩달아 나도 뛰었다. 하지만 그런 의미 없는 경주는 이제 그만하고 싶다. 내 마음을 끌어당기는 것들을 살펴보고 붙잡을 수 있는 여유쯤은 가지며 살고 싶다.

'빨리빨리'가 만연한 현실 사회이지만, 남의 박자는 무시하고 나의 보폭대로 걷는 느림보가 되어 봐야겠다. 걷다가 중간중간 쉼터에 앉아 주변 풍경을 즐기고 내 마음을 돌볼 줄 아는 거북이가 되는 것. 두브로브니크 성벽투어가 내게 선사한 또 다른 꿈이다.

붕괴된 나와 헤어질 결심

일반 가정집인 두브로브니크 숙소에는 각 방마다 투숙객이 있었는데, 공교롭게도 나를 포함한 투숙객 3명 모두가 한국인이었다. 집주인 다니카 할머니가 차린 조식을 먹기 위해 거실 테라스로 모인 우리는 반갑게 인사하며 대화를 나눴다. 30대 자영업자인 A는 2주간 크로아티아 여행을, 20대 퇴사자인 B는 한 달간 그리스, 터키, 이집트, 크로아티아 여행을 했다고 말한다.

B가 한국을 떠나온 지 한 달이 넘었다고 하자 A가 물었다.

"여행 기간이 길었는데 별일 없으셨어요? 저는 거리에서 소매치기 당하고 버스에서 가방도 잃어버렸어요. 진짜 너무 황당하더라고요."

인터넷 글로만 보던 유럽 소매치기가 실제로 존재하다니. 내가 겪지 않았다고 해서 그런 일이 벌어지지 않는 건 아니구나. 깜짝 놀라 여러 생각에 잠겨 있을 때 B가 입을 열었다.

"저는 렌터카를 타고 가다가 사고가 나서 예상치 못하게 큰돈을 날렸어요."

나도 여행 중 있었던 사건사고를 이야기하며 공감대를 형성하고 싶었지만 그럴 만한 에피소드가 없었다. 결국 이들의 대화에 끼지 못하고 리액션만 하는 데 그쳤다. 그래도 별일 없이 여행을 마무리해가는 것에 대한 감사함과 일종의 자부심 같은 것을 느끼게 됐다. 그저 운이 좋았을 뿐인데 괜히 어깨가 올라가는 기분.

모든 것이 순탄하게 흘러가는 것 같아 안일함에 빠질 때 꼭 일이 발생하곤 한다. 숙소에서 나와 버스를 타고 두브로브니크 신시가지에 도착했을 때만 해도 평온한 여정이 이어지는 듯 했는데, 해변의 오솔길을 거닐다 목이 말라서 도중에 카페에 들른 게 화근이었다.

야외 테라스 카페에 들어선 나는 탁 트인 바다가 보이는

명당에 앉았다. 처음엔 '새로운 손님이 왔으니 당연히 직원이 오겠지'라는 생각으로 점잖게 앉아 있었다. 그런데 5분, 10분이 흘러도 내 테이블로 주문을 받으러 오는 직원은 없었다. 혹시 나를 못 본 건가 싶어 손을 흔들었는데도 상황은 달라지지 않았다. 직원은 내가 있는 방향으로 여러 번 지나갔지만, 애처로운 눈빛을 보내는 나에게 단 한 번도 눈길을 주지 않았다.

그렇게 20분이 지나고 새로운 백인 손님 두 명이 카페에 찾아왔다. 그들이 자리에 앉자 직원은 기다렸다는 듯 곧바로 주문을 받으러 갔다. 마음속에 생긴 물음표는 그때부터 느낌표로 바뀌었다. 말로만 듣던 인종차별을 내가 지금 당하고 있구나. 그래서 직원이 나를 투명인간 취급했구나. 기분이 확 상한 나는 백인 손님의 주문을 받고 돌아서는 직원을 향해 "익스큐즈 미!"를 외쳤다. 주변 손님들이 다 쳐다볼 만큼 큰 소리였지만, 직원은 아무 대꾸도 하지 않고 가던 길을 갔다.

많은 사람들 앞에서 대놓고 무시를 당하는 건 무척 곤혹스러운 일이었다. 뭐 때문에 내가 이런 취급을 받아야 하지? 오로지 동양인이라는 이유만으로? 생각할수록 어이가 없고

분노가 끓어 얼굴이 빨갛게 달아올랐다. 마음 같아서는 직원과 한바탕 싸우고 싶었지만, 상식 밖의 행동을 하는 사람과 더는 엮이고 싶지 않아서 자리를 박차고 카페를 나왔다.

씩씩거리며 카페를 떠난 뒤 기분 전환을 위해 해안 산책로를 걸었다. 하지만 방금 전 상황이 머릿속에 맴돌아 분을 삭일 수가 없었다. 어떻게 대응하는 게 현명한 방법이었을까. 직원에게 따져서 그건 잘못된 행동이라고 알려야 했을까. 아니면 상대할 가치도 없는 사람이니 그냥 자리를 피한 게 잘한 걸까. 답이 없는 질문을 계속 하다 보니 마음이 혼란스럽고 갑갑했다. 정신적으로 타격을 입은 나와 다르게, 아무 일도 없던 것처럼 잘 지낼 직원을 생각하니 억울함도 자라났다.

가슴속에 솟구치는 분노를 잠재운 건 다름 아닌 바다였다. 산책로에서 계단을 내려가 차가운 바닷물에 발을 담그자 몸의 열이 식으면서 화도 점점 사그라진다. 속이 훤히 보이는 청록색 바다는 답답했던 내 속을 뻥 뚫리게 만들었다. 바닷속 내 발에 고정된 시선은 앞에 있는 커다란 바위로 옮겨간다. 바위에 부딪힌 파도가 일렁이며 점차 멀어지는 모습을 보고 다짐했다. 그래, 안 좋은 기억은 저 파도에 던져

흘려보내자. 이제 그만 붙잡고 원래 없었던 일처럼 잊어버
리자.

　이미 끝난 일이다. 시간이 지나 숨이 멎은 일에 아무리
새 숨을 불어넣어도 결국 달라지는 건 없다. 안 좋은 기억을
자꾸 떠올리니 내 기분만 되레 나빠질 뿐. 과거 일에 매달려
현재를 놓치니 소중한 순간만 날릴 뿐이다.

　어떤 일을 겪더라도 무던하게 넘어갈 줄 아는 여유를 가
져야겠다. 지나간 일에 마음이 동요해 붕괴되기에는 나의
지금이 찬란하다.

다니카 할머니

아드리아해의 푸른 빛이 감도는 두브로브니크 숙소 테라스에서 조식을 기다린다. 평소처럼 과일차를 준비하는 다니카 할머니에게 오늘은 커피를 마시겠다고 말한다. 커피 맛이 독특하다는 다니카의 경고에도 아랑곳하지 않는다. 몇 시간 후 한국으로 돌아가기 때문에 지금 여기서 경험할 수 있는 건 다 해보고 싶었다. 갈색 파도가 출렁이는 커피잔에 얼굴을 비추자 뜨거운 열기와 함께 진한 향이 치밀어 올랐다. 커피 한 모금의 쌉쌀한 풍미가 온몸 구석구석을 파고든다.

그윽한 커피 향으로 물든 숙소를 뒤로 하고 다니카의 차에 탔다. 다니카를 처음 만났을 때 맡았던 푸근한 냄새가 진동한다. 두브로브니크에 첫발을 디딘 날, 다니카는 허리를 반으로 접어야 탈 수 있는 아담한 차를 몰고 버스 터미널까지 나를 데리러 왔다. 이곳의 날씨처럼 온화한 미소를 띤 그녀는 숙소에 도착하자마자 나를 바다가 보이는 테라스로 안내했다. 먼 곳에서 오느라 고생했다며 과일, 피자, 그리고 직접 만든 애플파이를 내줬다. 이어 관광지와 맛집 정보가 담긴 지도를 가져와 하나하나 친절하게 설명해줬다. 낯선 이방인에게 이렇게나 정성을 쏟다니. 그날부터 나흘간 나는 다니카의 한국 손녀가 되었고, 우리는 짧은 기간 동안 애틋한 사이로 발전했다.

두브로브니크에서 관광을 마친 후 어둠을 뚫고 숙소에 오면 다니카의 애정이 스며든 이불을 덮고 달콤한 잠에 빠지곤 했다. 하지만 이제는 더 이상 그 이불을 덮을 수 없다. 서운한 내 마음을 읽었는지 다니카는 공항으로 가는 내내 쉬지 않고 말을 건넨다. 숙소에서는 한 번도 들려주지 않았던 가슴속 깊은 이야기를 비로소 꺼내 펼쳤다.

다니카는 28세 때 남편과 사별하고 홀로 아이들을 키웠다고 한다. 가족을 먹여 살리기 위해 가사 도우미, 식당 종업원 등 안 해본 일이 없다는 이야기를 들으니 절로 숙연해졌다. 자녀들을 출가시킨 55세가 되어서야 마음의 평화를 찾았다고 하니, 그녀의 여정이 결코 순탄치 않았음을 짐작할 수 있다. 여생은 편하게 보낼 법도 한데, 쉬지 않고 에어비앤비 숙소를 운영하는 다니카의 속내가 궁금했다.

"숙소 관리하는 거 힘들지 않으세요?"

다니카는 1초도 망설이지 않고 답했다.

"힘들지, 힘들어. 잠도 5시간밖에 못 자고 신경 쓸 것도 많아."

"그렇게 힘드신데 왜 숙소를 운영하시는 거예요?"

"먼 곳에서 온 손님들을 대접할 때 너무 행복하거든. 그래서 지쳐도 계속 하는 거야."

꼭두새벽에 식사를 준비하면서도 늘 엷은 미소를 잃지 않던 다니카의 표정이 그제서야 이해가 되었다.

어느덧 두브로브니크 공항에 도착해 차에서 내렸다. 다니카에게 마지막 인사를 해야 하는 시간. 아쉬움에 차마 입이 떨어지지 않았다. 얼마나 얼어 있었을까. 따스한 봄 햇살 같은 손길이 다가와 나를 포근하게 안았다.

"만나서 정말 반가웠어. 다음에 남편 생기면 꼭 데리고 와."

"네, 또 올게요. 가족처럼 잘 챙겨주셔서 감사했어요. 건강하세요!"

코끝이 찡해오는 것을 감추기 위해 애써 밝게 웃으며 말했다.

남편이 아니어도 사랑하는 사람이 생기면 그의 손을 잡고 다니카의 집을 다시 방문할 것이다. 다니카는 여전히 숙소를 운영하면서 전 세계 관광객들을 가족으로 맞이하고 있을까. 그때의 나는 무엇이 얼마나 달라져 있을까. 서로 얼굴을 맞대고 못다 한 이야기를 나눌 날을 손꼽아 기다린다.

서 시

죽는 날까지 하늘을 우러러
한점 부끄럼이 없기를
잎새에 이는 바람에도
나는 괴로와했다
별을 노래하는 마음으로
모든 죽어가는 것들을 사랑해야지
그리고 나한테 주어진 길을
걸어가야겠다
오늘밤에도 별이 바람에 스치운다

윤동주

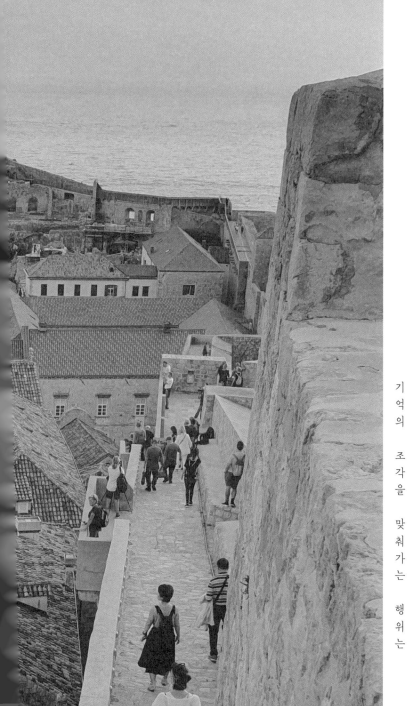

기억의 조각을 맞춰가는 행위는

영원한 여행도, 영원한 인생도 없지만

"여행은 문득 시작되지만 영원히 지속되진 않는 거죠."

영화 '안경'에 나오는 대사처럼 여행에는 항상 끝이 존재하며, 그 끝은 곧 일상으로의 복귀를 의미한다. 한 달간의 퇴사 여행을 마치고 돌아온 나는 앞으로 무엇을 하며 먹고 살 것인지 고민해야 하는 현실과 다시 마주했다. 동유럽을 다녀오고 나서 달라진 건, 앞으로의 삶에 대한 희망이 피어나 새로운 일에 도전할 의욕과 용기가 생겼다는 것이다.

동유럽 여행을 계기로 결심했다. 안전한 어항 속에 갇힌 물고기가 아니라 깊고 넓은 바닷속을 헤엄치는 물고기가 되어야겠다고. 한국에서 취업을 하는 대신 영국에 있는 대학원에 진학하기로 마음을 굳혔고, 열심히 준비한 끝에 지원한 학교 3곳으로부터 모두 합격 통지를 받았다. 코로나 때문에 아쉽게 영국에 가지는 못했지만, 목표를 향해 달려가는 과정 속에서 오랜만에 설렘과 성취감을 느꼈다.

돌이켜보면 감사하게도 그동안 내가 생각한 것들을 현실로 만들어냈다. 하지만 목표한 바를 이루기 전에는 늘 위기를 맞이했다. 외고 입시 때는 소송, 대학 입시 때는 재수, 취업할 때는 수십 번의 불합격으로 좌절을 겪었다. 이번 책을 출간할 때도 역시 과정은 순탄하지 않았다. 좋은 인연들을 만난 방송국을 떠나 원고 쓰기에 전념할 때 갑작스레 희귀암 진단을 받아서 펜을 잠시 내려놓아야 했다.

대학병원에서 수술을 받고 중환자실에 누워 있을 때, '눈앞이 캄캄하다'는 표현이 온몸으로 느껴졌다. 이젠 여행을 가는 것도, 책을 내는 것도 어렵겠구나 싶었다. 그러나 주변의 도움과 격려 덕분이었을까. 몸을 조금씩 회복하기 시작했고, 다시 출간과 삶에 대한 작은 희망의 빛을 품게 됐다. 항암 치료는 계속됐지만 병원을 오가는 틈틈이 윤동주 시인의 시를 필사하며 글을 쓰기 시작했고, 더디지만 꾸준히 백지를 채워 원고를 마무리 지었다. 투병 생활로 무력감에 빠질 때마다 다시 살아날 수 있었던 건, 책 쓰는 일에 몰두한

덕분이었다.

막막하지만 자유로운 백지 위에서 마음껏 방황할 수 있도록 도와주신 행복우물출판사 최대석 대표님과 최연 편집장님, 조혜수 대리님께 감사의 인사를 전한다. 사계절이 돌고 도는 긴 시간 동안 인내하고 믿어주신 덕분에 이 책이 세상에 나올 수 있었다. 딱딱한 뉴스 기사만 쓰던 내가 '에세이 작가'로의 첫 걸음을 소중한 분들과 함께 할 수 있어서 기쁘다.

나보다 나를 더 생각하고 아껴주는 우리 엄마, 내가 무슨 일을 하든 늘 응원해주는 아빠, 든든한 지원군인 언니와 우리 가족의 행복 비타민 승수에게도 고맙고 사랑한다는 말을 전한다. 내가 인복이 참 많은 사람이라는 걸 느끼게 해주는 나의 주변 사람들에게도 감사하다. 책을 쓴다고 했을 때 자기 일처럼 기뻐하고 성원해준 친구들이 있었기에 힘들어도 포기하지 않고 끝까지 해낼 수 있었다. 새 삶을 선물해준 세브란스 의료진과 삶의 낙이 되어준 도연언니, 나의 여행에 동행해준 독자 분들께도 감사한 마음을 전한다.

우리는 언제 어떻게 삶의 마지막 순간을 맞이할지 모르

는데도, 오늘이 지나면 당연히 내일이 찾아올 거라고 믿는다. 나 또한 그런 착각에 빠져 아직 오지도 않은 미래를 걱정하고 불안해했다. 하지만 이제는 더 이상 앞을 멀리 내다보며 살지 않는다. 아침에 멀쩡히 눈을 뜨고, 집 앞을 산책하면서 따사로운 햇살을 느끼고, 밤에 노란 달을 보면서 무탈히 잠들 수 있음에 감사하며 하루하루를 보낸다. 인생의 유한함을 기억하며 살다 보니 소소한 일상에도 기뻐할 줄 아는 마음을 갖게 됐다.

병원에서의 나는 치료가 필요한 환자이지만, 길 위에서의 나는 이전과 다를 바 없는 자유로운 여행자다. 최근에 세계 지도를 사서 방 벽에 붙여 놓고 가본 나라를 색칠해 봤다. 아프고 나서 처음 든 생각이 '여행 많이 다니길 잘했다'였는데, 웬걸 지도에 색칠하지 않아 흰색으로 남아 있는 곳이 정말 많다. 지도를 알록달록하게 꾸미기 위해 창고에 있는 캐리어를 꺼낸다. 생사는 운명에 맡기고, 아직 경험하지 못한 나의 세상을 만나러 간다.

publisher   instagram

잃어버린 길 위에서

초판발행 2024년 2월 1일 **3쇄발행** 2024년 4월 17일
지은이 이선영
펴낸이 최대석 **펴낸곳** 행복우물 **출판등록** 307-2007-14호
등록일 2006년 10월 27일 **주소** 경기도 가평군 경반안로 115
전화 031-581-0491 **팩스** 031-581-0492
전자우편 book@happypress.co.kr
정가 16,500원   **ISBN** 979-11-91384-88-8